蛇郎君

說妖

蠔鏡窗的新娘

長安——著

目次

蛇郎君：蠔鏡窗的新娘 005

後記 241

送親到蛇郎君家那一夜，翠玉走在隊伍中，為香香送行。送親隊伍中除了翠玉，還有許多女人——但是那些女人，雖然有人的樣子，行為舉止卻不像是人，反而像是傀儡。翠玉覺得好孤獨。這樁婚事打從一開始，就不應該存在。

她靠近花轎，握住香香的手。這是她在暗夜中唯一的光明了，香香穿著新娘婚服，美得不可方物，卻有一種難以言喻的悲淒。翠玉想起，白色曾經是屬於喪事的顏色。對於其他人而言，婚姻或許是另一段人生階段的起點，但對於香香來說，宛若為自己送終。

她已經好久沒看到香香的笑容了。

就算這是最後了，也讓她再走一段路吧。就算是最後，也要讓最後像是花季尾聲一般，熱烈綻放。只要還能牽著香香的手，她就不會感到孤獨。

一

翠玉在玩草。

身後是阿窗婆的土角厝，裡頭傳來母親和舅舅跟阿窗婆說話的聲音。夏日的下午極為漫長，空氣彷彿靜止，一旁的甘蔗園種著高過她的甘蔗。翠玉被吩咐把長輩們吃剩的西瓜皮拿到外頭丟棄，翠玉看著甘蔗的影子，就入了神。

比起翠玉所居住的府城市區裡嘈雜的市聲，鄉間的風景讓她感到自在。翠玉很難說明這是為什麼。他們家開水果行，對於那些被摘採下來的、置於禮盒中的果物，翠玉總有憐惜，覺得它們離開了土，好可憐。

甘蔗影子變長的速度極為緩慢，翠玉漸漸感覺到無聊。她撩起長衫下襬蹲下，把地上藤蔓的葉子摘下來，摺成小船，一艘艘地排列起來。剛剛丟棄的西瓜皮已經爬上螞蟻了。她也不怕蟲子，反而把小船移到螞蟻附近，看著牠們爬上過船隻。螞蟻頭上的兩隻觸角靈活地動著，翠玉看著有趣，把手移到螞蟻旁，讓螞蟻爬上來。螞蟻爬過少女的肌膚，令翠玉有輕微的搔癢感，一個忍不住，就把螞蟻甩了出去。她身子重心不穩，踩到了一旁的草叢。她看見草叢下有個狹長的身影穿過，那個身影到遠處後立起來，碧綠的雙眼盯著她看。

是蛇。

那是全身翠綠的小蛇。她並未感覺到恐懼，反而與蛇四目相對了一會。蛇是會吃人的嗎？儘管晶瑩的蛇眼銳利，翠玉無論如何凝視，都看不出任何惡意。

這時她聽到了後頭母親叫她的聲音。

「你在做什麼？」

翠玉轉頭，再回頭，蛇已經不見了。母親的聲音聽起來帶有怒氣，趁母親接近之前，翠玉急忙把果皮與小船都踢亂，還是沒躲過母親的目光。

「你又在玩泥巴嗎？都公學校卒業的人了，怎麼還這麼不端莊，這樣怎麼嫁人呢？香香比你小，人家都比你懂事。」香香是翠玉的表妹，比翠玉小幾個月。性情溫淑嫻雅，很得沈家長輩們的疼愛。從小，翠玉就被說要向香香看齊，只是她從來做不到。

「別怪翠玉了。」阿窗婆說。

阿窗婆從屋子中走出，看來她跟舅舅、母親的事已經聊完了。看到阿窗婆，翠玉感到安心，阿窗婆在時，總不忘幫翠玉說話。

翠玉母親平時很倔強，但是被阿窗婆一說，也不反駁。阿窗婆總有讓舅舅與母親乖乖聽話的神祕力量。阿窗婆年事已高，瘦小的身子走起來有點晃，她走到翠玉身邊，抬起頭端詳著翠玉。翠玉有種被看透的感覺，因此低頭，看到了阿窗婆的手上懸著一隻金玉鐲，在陽光下反射耀眼的光澤。為何住處簡樸的阿窗婆，會有如此華貴的玉鐲？翠玉不解。

阿窗婆注意到翠玉的目光，拉起她的手，把金玉鐲脫下來，放到翠玉的手上。

翠玉沒有懂阿窗婆的意思，只是接過玉鐲，仔細看了一圈，又把玉鐲還給阿窗婆。阿窗婆見到翠玉將玉鐲還給她，有點訝異，但隨即露出理解的神情。

「你們翠玉啊，將來是要做大事的人。」阿窗婆說。

這是阿窗婆第一次認真看著翠玉。從來，這些預言都是屬於香香的。翠玉從小就會背，那句舅舅與母親時常掛在嘴邊的話：「香香是振興沈家的關鍵。」但從小，香香並沒有什麼特出之處，頂多是相貌出眾、從小特別得人疼，以及農曆七月和進廟裡容易頭疼而已。但香香的任何徵兆都讓家中人大驚小怪，這或許代表著什麼，也或許其實沒什麼。只是這種大驚小怪從來只屬於香香，翠玉一直都覺得，這種大預言沒自己的事。

但這是翠玉第一次嘗到了甜頭。

據說沈家風華當頭之時，阿窗婆是沈家的重要幫手，於眾僕人之中頗有威信。在翠玉的曾祖父母去世之後，阿窗婆繼承了曾祖父母族譜上的字，因此才叫阿窗婆。她看著舅舅與母親長大，兩人在祖母去世之後，遇上所有大事，總是會來請教阿窗婆。他們說阿窗婆是算命仙，總是能預言吉凶。翠玉是受現代學校教育的，不信怪力亂神之事，但總有時，她會好奇，是否芸芸眾生之中，總有一兩個人，有他人難解之異能。因為這種稀世之人過於罕見，因此尚未被世間的科學證實。而擁有敏銳目光的阿窗婆，總讓翠玉有這種想法。

阿窗婆所說的會是真的嗎？

蟬聲高鳴，熱風吹過。甘蔗的影子好像又清晰了一些。翠玉只想記住這一瞬間。

＊

隔年，翠玉入讀了家政女學校。

那時，日本統治臺灣三十多年，在這三十多年內，男人們剪掉了清國時代留的辮子，女人們放了小腳。孩子不入私塾了，進了學校，接受新式的教育。翠玉和香香也在公學校裡待了六年。翠玉去年卒業，和今年卒業的香香一同升學。

穿上黑色的水手服，綁上白色的領巾，翠玉就是三年制的家政女學校的學生了。和她一起的，還有香香。不像翠玉的頭髮總是不聽話，香香的短髮服貼在頭皮上，看上去更加乖巧。兩個人整整齊齊一同入學的那天，母親和舅媽幫她們穿好制服後，開心得都要哭了。

「果然進女學校真是太好了，阿窗婆沒有說錯——」

翠玉被再三囑咐，作為表姊，一定要好好照顧香香。翠玉就知道，自己能進女學校，果然又是託香香的福了。這恐怕也是阿窗婆的旨意吧，雖然阿窗婆說著「你是要做大事的人」，但那個「大事」，也許就是輔佐香香成為中興之祖，也說不定呀。

沈家之所以對香香有如此高的期待，是有原因的。

沈家曾經是南部第一大富豪，雖然現在翠玉家與香香家，兩戶共同賃居在臺南的街區中，完全看不出昔日盛況。但據說當時，沈家曾經有面朝港口的氣派宅邸，所使用的物件也都華貴非凡。只是大約在半個世紀以前，家境急轉直下，沈家的幾戶兄弟迅速趁機分光家產。翠玉祖父的這一支分到了幾塊土地，但在把土地賣掉之後，終於無以為繼，翠玉的祖父母把膝下的一對兒女送給親戚家做養子和養女，沒多久夫婦雙方便先後孤寂而亡了。這對兄妹長大之後，念著血緣，違背了父親對養家的承諾，回復了沈姓。他們在離祖厝不遠的地方，租了房子，那是同情他們的家族遠親提供的。又，由於兩個人的力量總是大於一個人，因此兄妹中的妹妹並沒有外嫁，而是招贅一名外鄉來的李姓男子為婿，生下了翠玉。哥哥也結了婚，生下一名女兒香香。翠玉與香香都姓沈，香香有個繼承族譜的全名，叫沈梅香，翠玉則不從族譜。這是內孫與外孫的差異。

儘管家族有了一外一內兩個女兒，這對兄妹仍希望能生個兒子，但都沒有成功。所幸，兩人信賴的阿窗婆對香香寄予厚望，他們才能懷抱著對未來的希望栽培香香。他們共同經營水果店，販賣給觀光客和內地人的水果特產。但因為家族遠親的同情心行將耗盡，因此租屋的費用越漲越高，已經到了水果店的收入難以負擔的程度，沈家時常處在周轉有難的狀態中。

或許在生活遇到危機時，香香就是舅舅與母親困厄心緒的救贖吧。只要能把希望寄託在香香身上，他們就不會放棄。

送香香進女學校，也是許願的一種方式吧。——只是這種許願，到底許的是什麼樣的願呢？他們究竟是以什麼形式，把希望寄託在香香身上呢？

＊

翠玉入學沒多久，就聽同學說了：「公學校的八百元，高女的一千兩百元，沒有進公學校的四百元。聽說有些美女甚至有好幾千呢！那我們的話，應該也有一千元吧？」

「你說什麼話呀？哪有人這樣算的！……不過高女是四年制，我們是三年制。你也許可以這樣算，高女的一千兩百元比公學校的八百元多四百，等於是一年多一百元，所以我們應該有一千一百元吧？你看，我的算數還不錯吧？」

翠玉把她聽到的這番話告訴香香，香香一聽，就板起了面孔。「你不要聽她們的。雖然現在本島人還有這種近乎賣女兒的聘金制度，但是社會在進步，再過幾年，到了我們結婚的時候，這樣的惡習必然有所改善，未來終將迎來全面根除的一日。到時候，就不會有女子因為家長貪圖聘金，而被迫嫁給人格低劣的丈夫了。」

香香說著時，標緻的雞蛋臉上，五官略向中間擠了擠，看得出來她是真的生氣了。翠玉有點被香香的嚴正態度驚嚇到，她從來沒有認真的思考過這個問題。她以為結了婚，夫家畢竟是得到一個生養小孩的人力，支付聘金也是理所當然的。只是，要是由她來說，她會覺得家政女學校和高女生的價值，應該不相上下才對。畢竟，她們可是在這種「新娘學校」裡，按照「賢妻良母」的標準被教育的。作為妻子的價值，應該不亞於高女生吧？

「說到這個我就生氣。對待現代的知識女性應該是這種態度嗎？一週中居然有一半的時間，學的是裁縫、刺繡、家事這些瑣事。原本我以為，父親和阿姨要讓我們升學，是要去高女的，要是去高女，我也能考得進去。沒想到居然是要我來這裡縫東西。結果呀，聘金還不是比高女少，真是的。」

「可是香香，你的手藝很好呀。」

翠玉說著，她是少有的縫紉奇才，走線全都歪七扭八，沒有一條是直的。縫製正月新年用的注連繩時，她開心地撿了一堆花花草草來做裝飾，成品卻慘不忍睹，一拿離開先生面前，馬上四分五裂。她其實真心羨慕著香香的好手藝，香香卻露出了沮喪的表情。

「這個時代就是這樣吧。所以雖然我學習和裁縫都好，人們只會注意到我的裁縫。你不也是嗎？明明擅長做人造花，卻跟我一樣成天被困在這裡，天天聽先生說要怎麼做家庭主婦。」

翠玉低下頭。香香所說的話對她而言太遙遠了，而有強烈自我主張的香香，姿態也太過耀眼，讓她不忍直視。若是以香香的格局來說，說不定真的能作為一名女企業家來振興沈家，也說不定——那時候，翠玉只要按照香香的指示做事，就十分滿足了。

但是從舅舅和舅媽把香香送進家政女學校而非高女一事，代表他們並非期待香香成為專業的職業婦女，而是希望她成為富人的妻子吧。如果是香香，一定會比一千一百元還要多，或許會有三四千元呢。

「——香香想要自由戀愛嗎？」

被翠玉這麼問的香香，一下紅了臉。翠玉見香香沒回答，只好繼續說：

「既然聘金制度會造成怨偶的話，那果然還是自由戀愛才能解決問題吧？所以香香是自由戀愛的主義者嗎？」

翠玉完全沒有意識到香香的驚慌，依然維持平常的聲調講話。香香被嚇得努力發出尖叫聲來蓋過，一邊用手遮住口無遮攔的翠玉，輕聲警告她：「你說得太大聲了。」

「啊，也是。舅舅跟舅媽聽到會生氣吧。」

「……按照他們對我的執著，絕對會的。」

氣氛變得凝重，兩人陷入沉默。所幸這天長輩們都在店鋪忙碌著，沒有人注意到兩個少女的調笑。過了很久，香香才咕噥了一聲。

「有啦。」

「有什麼？」

「……沒事，什麼都沒有。當我沒說。」

兩人懷抱著相異的心思，展開了她們的女學校生涯。

那是入學後的一個月，臺南五月初的鳳凰花，火一般地在大正町通盛開，為城市覆蓋上無限的南國風情。這幅景觀被印在明信片上，成了經典而永恆的一幕。多少旅人搭著火車到了臺南，都要去看那一條燃燒的街道。春夏之交的豔陽穿過紅花間的縫隙，照射下來，彷彿陽光也染上了豔紅的光彩。

鳳凰花盛開的情景，翠玉一年年看。終於到了第三年，她這將是最後一次，穿著水手服看鳳凰花了。

雖然畢業還是明年來春的事，但意識到「這是最後一年」的那一刻，翠玉的心情就再也回不去了。日日的風景都像是最後一日，她好像在一瞬間成熟了。突然，她也能看得懂香香的憤懣與苦悶。鳳凰花謝之時，翠玉忍不住喃喃說：「難道我們這一輩子就這樣了嗎？」香香聞言笑了起來，翠玉由羞轉怒，伸出手作勢要打香香，卻被香香握住她的小拳，說：「我們現在是同伴了。」
這樣的夢幻情景，也在讓人無法直視的豔陽中，被熱氣蒸騰得逐漸模糊。

＊

這一年四月時，發生了一場大地震。地震發生在臺中州、新竹州，死亡人數高達三千，房屋毀損不計其數。臺南雖然無人傷亡，但當下也能感受到天搖地動。那天地震發生時有異象，據說千蛇出洞，在鄉下早起耕田的農人，還能看到蛇群在田地上滑過的奇景。由於驚人的震災，也由於異象，人心變得躁動不安。始政四十周年之際，居然遇上這樣不幸的事，真是令人不勝唏噓。

有件事只有翠玉一人知道。大地震那天，香香四五點便毫無緣由的頭疼了起來。凌晨六點地震發生之後，香香的頭疼又奇蹟似地停了。

翠玉一直把這件事記在心上，因此過了三個月後，某個七月的半夜裡，香香又在頭痛中醒來時，翠玉便馬上反應過來了。她拉著香香往樓下跑，兩人的腳步聲驚動了舅媽，披著衣服起身的舅媽問說：「做什麼！」翠玉情急之下立即回答：「有地震！」舅媽隨兩人下樓，來到街上。這時還是一片平靜，翠玉馬上回頭再去叫其他家人。父親睡得很沉，翠玉又忍不住大喊：「地震了！」聲音在靜謐的深夜中迴響，終於把父親喚醒。

當沈家人全都來到街上時，地震果然發生了。

幸好比起四月的大地震，這次小得多。只是街坊鄰居們跑出家門，卻看到沈家一家人早就在街上，都露出了疑惑的神情。翠玉彷彿還聽得到有人交頭接耳：「剛剛喊地震的是哪一個女兒？」面對這些疑惑，舅媽也只能扶著頭疼的香香，尷尬一笑。

不知在那之後，是否有關於香香的謠言逐漸流傳。七、八月學校放暑假，香香本來就不慣炎熱，到了與陰曆七月重疊的八月，更因畏頭痛而閉門不出。只有翠玉逐日出門晃蕩。

翠玉有個喜好，就是走到寫真館去看老鷹。猛禽被擺在寫真館的櫥窗裡，後頭放著男學生曾來這裡拍下的照片，中間就是那隻目光炯炯的老鷹。對於能夠這麼近距離地看到老鷹，翠玉興奮得不得了。這隻老鷹，應該曾經飛在高空中吧？就跟臺南飛行場起飛的那些飛行機一樣高，甚至飛到沒有人能抵達的地方——對於翠玉的興趣，香香嗤之以鼻。「既然是老鷹，為什麼要被人豢養呢？」她幽幽地說，眼底有悲傷的陰影。

翠玉就是在散步時，聽見了「蛇郎君要娶新娘」的傳聞。

在那之前，她已經在小報上讀到過一次。那是舅舅遺落下來的小報。翠玉的舅舅喜歡看小報，但那似乎並非高雅的趣味，因此舅媽、母親總遮遮掩掩，不讓女兒們碰到。正是如此，讓翠玉更好奇。對於舅舅的趣味，母親解釋起來十分感慨：「哥哥只想知道那些人的近況吧。真是的，都已經不是世家子弟了。」

長輩們處理事情眾多，小報也有意外落到翠玉手上的時候。她在上頭看到一篇〈地動蛇郎君娶親異聞〉的文章。文章以漢文寫成，開頭提到府城近來興起的蛇郎君傳聞。據說是地震造成了蛇郎君出洞，蛇毒瀰漫，要蛇郎君娶親後方能平息。後半段寫到蛇郎君原有的故事，述及了他與人類妻子的夫妻生活，因蛇郎君「偉岸」，所以妻子「不能勝」。翠玉讀到這裡十分不解，依她有限的漢文底子，只能略微推測這句的意思，大概是說：「蛇郎君很高，妻子身高上比不過他」吧？

文章最後寫道，「蛇郎君之事，連氏有言。不知與蠔鏡窗蛇妖是何關係也。」在「連氏」一處，有人用筆圈起，草草寫下「雅堂兄」三字。大概是舅舅寫的。翠玉想起母親說過的話，這個人是舅舅認識的人嗎？

或許是因為舅舅的筆跡，也或許是那種曖昧的行文，翠玉總把這篇文章當成文人自娛之作，而沒有意識到它與現實的連結。

*

翠玉通常趁舅媽和母親不注意時出門。她們是大家族之後，對於當代這種女性在路上亂跑的風氣，總是不能習慣。這一帶又是風化區，雖然早就是以前的事了，她們腦中的印象依然揮之不去。這一日翠玉出門時被母親撞著了。

「要做什麼呢？」

「出門。」

「你一個？香香呢？」

「怕頭痛不出門。」

往常母親後頭都是關心香香的身體健康的，但這一天，卻露出了安心的神情。

「最近有針對婦女的流行病在流傳，要小心別讓香香被傳染了。你也是，就算身體健康，也要小心。」

翠玉回答一聲「嗯」就出門了。照樣去寫真館，由於她太常去，寫真館的老闆娘都認得了翠玉。有時還會招待翠玉喝茶、給她甜食吃。

但是這一天，翠玉沒有見到寫真館的老闆娘，只有老闆顧店。老闆告訴翠玉，老闆娘得了最近流行的病，臥床幾天了。翠玉請老闆捎上她的問候。

離開寫真館，附近還有不少吳服店、洋服店。不知道是不是翠玉的錯覺，人比往常少了許多。回程她沿著赤崁樓走，經過石精臼，坐下來吃了點冰。石精臼附近就是媽祖宮，常有不少上香的人在此歇息、用餐。多是穿著長衫的漢人，沒看到多少日本人，交談的聲音也是以臺語為主。雖然和翠玉學校中的氛圍不太相同，卻讓她感到熟悉。她靜靜吃冰，一邊聽著隔壁桌兩位婦女聊天的聲音。

「你嫂嫂的病，媽祖婆怎麼說？」

「說是很快就會好了，希望如此。那你二姊呢？」

「也差不多。只能等了吧，這一波也不知道怎麼回事，這麼多人病倒。而且還都是女人。」

「聽中醫先生說是因為女人陰虛，特別容易染蛇毒。」

「欸呀，要真是這樣，蛇郎君娶親之後，應該就會自然好起來吧。」

「雖然是這樣說，但蛇郎君要是娶親，真希望不是我家女兒。」

「我聽到時也是這樣想。真的是，誰希望呀？」

「可是聽說會有很多的聘金，欸，就算缺錢，也不能這樣賣女兒。不過要是我們遇上了，我們家那位說不定會答應呢。」

「真是糟糕。不過他要娶誰，恐怕也不是我們能決定的吧？像我們這種一般人家，他怎麼會看得上？」

「那是要娶誰家的千金囉？」

「不，你想想，他又不缺錢。恐怕是要娶一些特別一點的吧？」

因為沒想到小報上的事是真的，翠玉猝不及防地嗆到了。她的咳嗽引來隔壁桌的注意，她趕緊低著頭，迴避她們的目光。兩位婦女一看翠玉沒事，另一位又接著說：「恐怕是喔。」

那兩位婦女提到蛇郎君的語氣，簡直像是在說她們共同認識的，哪位有錢人家的少爺。

明明是這般神鬼怪異之事，那兩位婦人談論的方式居然如此自然，真是太不可思議了。

翠玉在回程的路上，認真思考著。文章的作者也好，那兩位婦人也罷，是什麼讓他們相信蛇郎君的傳聞？是因為地震嗎？還是因為突然蔓延的疾病？今年這些接二連三的厄事，已把府城弄得人心惶惶。大概正是因為這種緊張，所以人們想要去相信一點什麼吧。這就跟天災人禍之時，神明香火會越鼎盛的道理是一樣的。

而且府城自古以來就有不少廟宇，祭拜人所化成的鬼。如果說人死後都能成神成鬼，那麼蛇能與人成婚，對於在府城見多識廣的人們來說，也不是什麼稀罕事吧？或者說，儘管都市景觀已經變得摩登了，對於長久居住在古都的人們來說，他們依然擁有迷信的心理。所以才會在一次地震之後，流傳起這樣的神怪傳說。

翠玉回到家，和在一樓顧著店面的舅媽打招呼。但舅媽似乎正陷入沉思，並未回應翠玉。翠玉的母親則在後頭忙著包裝。翠玉經過母親身旁時，母親拉住她，輕聲說：「香香在休息，別打擾她。」翠玉點點頭，便逕行上樓。

二樓安靜得詭異。連翠玉踩在階梯上的聲音都一清二楚。但在一片安靜中，又有極低的聲音。香香不是在休息嗎？怎麼會有細碎聲響？翠玉靠近房門，門邊掉落了一隻脖子被剪斷的布娃娃。

翠玉輕輕推開房門，在她和香香兩人的房間裡，香香一人坐在床沿。香香低著頭，她面前散落了一床的，是繪畫和裁縫作品。仔細一看，那些香香曾用心縫製的作品，都被她以剪刀剪開了，畫也被撕成了兩半。翠玉抓住香香的肩膀，讓她抬起頭，才發現香香娟秀的臉上，已垂了兩條長長的淚痕。

翠玉愣住了。香香向來堅強，撇開童年不管，這是翠玉第一次看到她哭。

「發生什麼事了？」

翠玉輕聲問。香香抿了抿嘴，苦笑著說：「你不覺得嗎，我們在學校所學的，都是徒勞呀。就算細心縫了這些又有什麼用，都沒有用啊。」

「到底發生什麼事了？」

「……我們就像這些畫一樣，最終也是一無是處。那不如就趁現在，讓我撕壞它吧。至少還是我親手破壞的，不要讓別人來破壞它。」

「你怎麼了，你告訴我呀！」

翠玉撫著香香的臉，香香這才不甘願地看向翠玉。

「我要訂婚了。」

「咦？」

「你不覺得可笑嗎，當初還特地問了阿窗婆，慎重地把我們送進學校。結果書還沒念完，就要把我送到別人家裡去當新娘子。那這樣念書又是為了什麼呢？果然是像你聽到的那些女學生們所說的，是為了聘金嗎？」

「怎麼這麼突然……是確定的嗎？」

「還沒確定，不過也差不多了。你也知道你父親口風不緊嘛，我之前就從你父親那裡聽說，有不少人來提過我的親事了。不過因為對方條件不夠好，父親和阿姨都很快就回絕了，也因此沒有和我說。但在剛剛，母親和阿姨來和我說這椿婚事了，是阿窗婆提的，聽說對方人品與家世都很不錯。表面上是這麼說，我想人品都還在其次，對方應該提了很不錯的條件吧，才讓他們這麼快就動搖了。不然何必跟我說呢。」

「是阿窗婆提的嗎……」

「其實啊，我本來想說，以他們的自負，應該很難找到我的結婚對象吧。只有鉅富或是世家能入得了他們的眼。但這種家族又為什麼要娶我呢？我們家族早就沒落了。我的如意算盤是，他們不嫁我的一天，我就有一天自由。我可以要求他們讓我讀更多書、或者哪一天被我說動了，那幾個老古板願意讓我去做職業婦女也說不定。幸運的話，我還可以自己挑結婚對象。結果呀，這些全部泡湯了。」

香香望著遠方，眼角泛出淚光，她原本打算忍住的，一眨眼，晶瑩的淚珠還是滑經她白皙的臉龐。這白皙細緻的容顏，未來將會由誰所獨占吧？那個人是付出了何等條件，可以打動沈家那對自傲的兄妹？

重點是，對方不惜下重本，是看上了香香的什麼……？

「香香，你知道對方是誰嗎？」

「是誰有差嗎？」香香的聲音冷冷的。「無論是誰的妻子，做的事還不都一樣？」

翠玉無言以對。香香是悲傷得不得不擺出防衛姿態吧，就算是面對至親的翠玉，也忍不住刀刃相向。這並非香香的本性，只是因為悲傷所致啊。翠玉不忍繼續問下去，也不忍點破，便只好陷入沉默。

「只說是姓蕭的人家。」

香香先開了口，像是道歉。

「不知道住哪的，也不清楚來歷。果然是為了錢吧。其實啊，剛剛她們說明完後，我馬上問了『多少？』她們一開始還沒聽懂，聽懂之後，果然生氣了呢。哇，她們也知道羞恥啊。」

翠玉想到舅媽恍惚的神情，突然意識到是怎麼一回事了。

「別這麼說……舅舅跟舅媽也是很關心你的。」

「你覺得呢？當他們怕水果碰傷時，是真的擔心水果，還是擔心賣相不好？」

「你先別這樣想嘛，又還不確定是為了錢。或許是為了其他的原因呀。在知道對方來歷之前，說這些都還嫌太早了，不是嗎？」

翠玉望著香香，願以這真摯的眼神，將希望傳送給香香。

「我真羨慕你啊。」

香香卻只是這麼說。

「對不起，並非有意拒絕你，只是我已經無法承受更多了。光是現有的，我就快要喘不過氣來。我知道的，無論對方家裡是好是壞，我都必然憎恨著他們。既然如此，我要是知道的少一點，恨意也就不會那麼尖銳吧？」香香淒然一笑。

「就當作是對我的保護吧，無論你知道了什麼，都請不要告訴我。就讓我繼續做著虛幻的夢，別再醒來吧。」香香說。午後的陽光照進兩人的房間，明明是柔和的陽光，卻讓翠玉感到殘酷。即便她們的世界已經支離破碎了，世間萬物依然運轉如常。今日如此，未來也是如此。就算到她們離開人間的那一天，也必然如此吧。這樣的世間，叫人怎麼承受得住呢。

那一天香香的笑容，翠玉後來回想起來，胸口都會隱隱作痛。

*

翠玉去問了舅媽和母親香香的親事，她謊稱可以幫忙說服香香，母親才告訴她，阿窗婆說，蕭家住在從關廟往山上走、屬於龍崎庄的那一帶，十分富有，但性情孤僻。據說，蕭家洋房位在山腰，若是走到赤崁樓，可以從赤崁樓遠眺蕭家洋房所在的位置，在光禿山壁附近即是。當然，從蕭家洋房也可以看得見赤崁樓。阿窗婆補充道，赤崁樓離這裡近，這代表就算香香嫁去，也能從樓臺上望見自己的舊家。

或許是這點打動了沈家人。母親轉述時悠悠說，若真是這樣，也能看得見禿頭港的舊大宅吧。

阿窗婆拿出了蕭家給的信物，是一隻銀製的蛇形簪。蛇頭上垂下晶瑩的珍珠與白貝。整身銀白的簪子，雕刻得細緻又活靈活現，沈家女人一拿到就入了迷，連從小見過好東西的母親也不例外。

阿窗婆轉述蕭夫人的話，要是願接受婚事，聘金起碼價值千倍百倍，到時候，這種等級的簪子，沈家人早就看不起了。

但若是沈家拒絕婚事，只怕連水果店也經營不了。

蕭家和日本人關係良好，辦法很多。

舅舅拿蛇簪去請人鑑定，鑑定的師傅嘖嘖稱奇，一直問舅舅是從什麼管道得到的。母親說得投入，拿出髮簪給翠玉看。但翠玉一直不能理解，甚至覺得有點好笑。

香香是短髮呀，就算她留長髮，也不會用髮簪的。

*

翠玉所見到的蛇形雖是靜態的，但姿態蜿蜒鮮活，彷若有生命附著。在這種敏感時節，還毫不避諱地送蛇形簪，蕭家若非無知，那便是有意透過蛇簪傳遞訊息。

翠玉心中有不祥的預感。

舅舅既然讀過小報，那他不可能不知道蛇郎君娶親的傳聞吧？在收到蛇簪時，難道不會覺得奇怪嗎？

但這些話翠玉都問不出口。要是問出口了，就好像在質疑未來的親家一樣。因此她只能把希望寄託在阿窗婆身上。阿窗婆是明辨是非、甚至能透徹看透命運之人。這樁婚事經過阿窗婆背書，或許不必太過擔憂。

不過翠玉還是期待能聽到阿窗婆的解釋。

在沈家人照慣例拜訪阿窗婆時，翠玉順便試探性的，問了阿窗婆有關蛇郎君的問題。

阿窗婆很快地理解到香香的顧慮，安撫她說，蕭家深居簡出，為世人所誤會，遂有蛇郎君之傳聞。實情並非如此。但蕭家確實擁有超乎凡人以上之能，若與之結親，可得庇佑。翠玉雖然困惑，但在這方面不得不相信阿窗婆。

況且，這簪子若置於沈家全盛時期的夫人小姐首飾之中，也毫不遜色，因此若是借重蕭家的財富與勢力，當能再現沈家往日榮華。

這句話打動了舅舅與母親。因此香香的婚事，大致是決定了。

除了香香的意願以外。

但香香的意願是什麼？香香彷彿沒有意願可言。自從那天翠玉看她撕畫以來，已經過了一週，香香成天把自己關在房間裡，沒有再對自己的親事說過一句話。

這件事十分反常。過去香香要是遇上了不順意的事，往往都會主動表示抗議。由於舅舅和舅媽十分寵愛香香，因此會馬上回應香香的抗議。通常，事情就這麼解決了。但唯獨在親事上，香香打從一開始就採取了放棄的態度。像是知道自己就算抗議，也不會有任何結果。

與其嘗到徹底絕望的滋味，那不如打從一開始就放棄反抗。

這大概是第一次，香香遇到自己無法決定的事吧。

翠玉偶爾有過念頭，要和香香聊聊她的婚事。她才剛起了個頭，香香就叫她坐下，開始說起她最近喜愛的漢詩。翠玉從來不知道香香喜愛漢詩，香香的裁縫機不運轉了，書櫃上卻多了幾本漢詩集。應該是從舅舅那裡拿來的。香香鎮日伏案寫字，假裝婚事從不存在。

香香果真如她所言，正在奮力做著最後的夢嗎？

那一天，香香說：「就當作是對我的保護吧，無論你知道了什麼，都請不要告訴我。」

果然直到現在，她還在盡力維持著心中的純淨無瑕。但香香畢竟是香香，她這句看似自我放逐的話，並未表示徹底的放棄。翠玉從小與香香一同長大，她能聽出香香的言外之意。香香這話的意思其實是，她不會阻止翠玉去了解實情。

如果是香香，會懷疑阿窗婆所說的「結親可以得到庇佑」吧？

既然可以庇佑，那麼相反的，也可以詛咒嗎？

如果拒絕婚事的話，是不是就會遭逢詛咒呢？

是不是因為蕭家有這種詛咒的力量，所以才可以揚言威脅沈家「到時候連開水果行也經營不了」？

若是如此，在翠玉心中，那蕭家就算不是妖物，也和妖物差不多了。

*

蕭夫人上門了。

這件事翠玉是聽父親說的。一日早上，父親打了個哈欠，翠玉隨口問說：

「沒睡好嗎？」父親就說昨晚夜裡，蕭夫人上門了。她來詢問沈家結親的意願，以及商討下聘日期等事宜。雙方約了十六日相會，那一日，蕭夫人會再來沈家。

除了容易說溜嘴的父親以外，其他人似乎下定決心把這件事隱瞞到底。中元普渡那天，翠玉幫忙家裡擺上祭拜用的果物，家人們忙進忙出，像是沒有隔天夜裡要見蕭家的事情。

翠玉和其他家人一起拿香，祭拜孤魂野鬼時，似乎只有她一人心中懷有異心。

母親和舅舅、舅媽都在期待這樁婚事吧。

只有翠玉心中想著，停下來吧。

十六夜裡，母親早早叫翠玉和香香休息。翠玉爬上了床鋪，但只是躺著，在寂靜的夜裡細聽人聲。父親因為工作的緣故，也早睡了。樓下只剩母親和舅舅、舅媽說著話。月色明亮，從窗戶照進房間裡。香香睡了，只有翠玉一人獨看。

忘了是聽誰說過的，十六夜的月，比十五更圓。

翠玉聽到了車聲，接著是自動車的開門聲。人聲尚聽不清，只能含混聽到舅舅打了招呼。翠玉離開被窩，緩步走下樓梯。她躲在樓梯的死角偷聽，這裡是電燈照射不到之處，恰能聽得很清楚。

阿甯婆也來了，還有另一位女性，應該就是蕭夫人吧。蕭夫人坐的位置恰巧背對翠玉，翠玉看不清她的臉。

蕭夫人先為在夜裡來訪道歉，她說這是由於蕭家所在的龍崎庄十分遙遠的緣故。今夜倉促訂盟，雖然禮數上有不周到之處，但她懷有誠摯的結親之意。也請沈家這邊見諒，看在一點薄禮的份上，饒恕他們蕭家。

夫人不知是何身分，但聲音端莊威嚴，不由得讓人心生敬意。這種過於謙遜的說話方式，反而能夠感覺出來者的尊貴。舅舅寒暄問起蕭夫人的家裡，蕭夫人談起自己剛從東京留學回來的兒子，並提及一些府城舊人舊事。

大抵上是府城幾戶大家族的近況，那些事翠玉聽不懂，但舅舅似乎很熟悉，就連母親也不時加入話題。比如說誰的兒子也去留學了、誰的女兒即將從高女畢業、誰的女兒又結了婚……光從舅舅回答的語氣，翠玉都能聽得出來他很開心。蕭夫人說久聞沈家大名，只可惜過去無緣相識。因此一向期待有朝一日可與沈家結緣。今日一見，果然不負勝名，沈家人皆有大家風範。

蕭夫人喚司機搬來幾箱物品。物品落在地上時，發出了沉沉的落地聲。沈家人見到後，倒抽了一口氣。翠玉很好奇那些物品是什麼，想再往前走個幾步，又怕被光照到，因此只能看到一小角，物品被燈光照射後反射的光亮。

蕭夫人解釋，這只是一部分聘禮，待到大聘之時，會再補上剩下的聘禮。雙方討論了一些儀節上的細節與日期等，翠玉沒仔細聽，她的心思仍在那兩箱物品上。

她沒想過，婚姻會是如此赤裸的買賣。她曾聽香香提過一個說法，說一位叫作和田富子的女博士曾經主張，「婚姻就是長期的賣淫」，這番言論刊在報紙上，引起不少反彈。

翠玉當時聽到，也覺得汙穢不可聞，今日卻覺得若非如此，她無法理解眼前的狀況。

翠玉原本抱持的想法是，聘金是換取妻子勞動力的薪資。但是這不合理呀，香香下半生無論如何勞動，她的產值都極為有限。作為一個妻子、或作為一個女人，香香應該一輩子，都無法賺到這兩箱珍寶的價值吧。

那麼要不是為了香香的勞力，那是為了香香這個人嗎？但蕭家對香香一無所知，對於一個素未謀面的人，為什麼要付出如此之大的代價？

大概只有為了美色，她才可以理解吧。學校裡容貌姣好的女同學，會被傳說能嫁得好夫家。這可能就是為什麼會有「美女聘金可以高達數千」的說法。不過這原來是值得說嘴的事嗎？為什麼翠玉在香香身上，只看到滿滿的痛苦？

蕭夫人和沈家聊得差不多了，她起身轉了個身，向舅舅拜別，翠玉這才看到蕭夫人的臉。

她認得那張臉。那才不是蕭夫人。

沈家人與蕭夫人一同往外走，翠玉意識到她沒有時間猶豫，要是現在不追上，就來不及了。

翠玉衝出客廳來到門邊，穿過舅舅、舅媽和母親的身邊。三個人一時沒反應過來，這時蕭夫人已經上車，阿窗婆也將要上車，因為聽見跑步聲，動作停了下來。

翠玉跑到蕭夫人面前，衝著蕭夫人問：「你認得我嗎？我是有時會去寫真館的翠玉啊！」

蕭夫人的樣貌，正是寫真館老闆娘的樣貌。

那名「蕭夫人」沒有半點驚慌。她的眼神中沒有一點光，翠玉很陌生，那雙眼卻看著翠玉，彷彿穿透她整個人。翠玉從來沒被這樣盯過，她渾身發寒。

「蕭夫人」緩緩開口，笑著說：「不認識。」她聽到魯莽的問題沒有疑惑，也沒有企圖辨識翠玉，只是宛如人偶般，說出該說的話。她彷彿毋須思考。

「蕭夫人」嘴角揚起的動作並不自然。翠玉不由自主地閃過一個念頭。

她不是人。

她不是蕭夫人，也不是寫真館的老闆娘，甚至不是人。那只是擁有寫真館老闆娘形態的「某種東西」而已。

因為不是人類，所以剛剛的笑容，也只是對於人類行為的某種模仿而已，會不自然也是正常的。

但除了翠玉以外，沒人辨識得出來。

蕭夫人離去之後，母親大聲喝斥翠玉：「我平常教你的禮貌都到哪裡去了！」舅舅也說：「你讓我們在親家面前失禮了。」然而翠玉無心挨罵，她感覺到，沈家已經涉入到另一個世界之中了。

但是這要怎麼開口呢？他們會聽嗎？

長期以來總是忽略她聲音的他們，真的會聽嗎？

這時，他們聽到了金屬製品掉落在地上的聲響。

眾人回頭，香香正站在那裡，站在兩箱珍寶旁邊。她的雙手空著，腳下是銀製的盤子。香香的神情茫然而困惑。

「這是什麼……？」

翠玉屏住氣息。香香身上有一種，深陷絕望之境的人獨有的氣勢。她拿起珍珠項鍊和玉石仔細端詳，問舅舅：「用我的後半生換來的，就是這些？」

「香香，成熟一點。」舅舅說。他並沒有否認。

「成熟一點，是什麼意思？」

舅舅不耐，口氣也跟著帶有火氣：「你以為你耍性子的樣子我們還看不出來嗎？」

「耍性子？」香香睜大眼睛，不可思議地看著舅舅。「在你眼中，我是在耍性子？」

舅舅皺眉。翠玉在心裡許願，現在收回還來得及啊。只要舅舅說「我不是那個意思」，香香就可以當作沒聽到。香香已經是在心上聾啞的人了，這麼做並不困難。快收回呀。

但是舅舅嘆了口氣。像是把某種自我克制也嘆了出來。

「你為什麼總是只在乎自己的感受？」

舅舅的聲音沉穩而有威嚴。長期以來，對翠玉而言，舅舅的聲音都代表著「正確」。因此她很清楚，要違抗那種「正確」的感覺，有多困難。

「我們辛辛苦苦把你拉拔長大，為什麼不懂得好好孝順父母呢？你都沒有好好為沈家想過嗎？你的世界裡就只有你嗎？作為一個父親，要求女兒孝順，甘有這麼困難？」

如果是翠玉的話，在此刻已經感到內疚了吧。

「孝順，孝順是什麼？俗話說『父慈子孝』，」但是香香並未退縮。這些閃亮之物對她的傷害太深了，她拿起它們。「敢問你們拿了這些，堪可稱之為『慈』？若是父不慈，子又何須孝？」

舅舅聽到這番質疑卻未生氣，反而是哈哈大笑。

「真厲害，真會講話。看了幾本漢書，就覺得自己會了？你也不想想，那是誰給你的。你覺得自己去女學校了，讀書了，很厲害是不是？如果沒有我們，沒有沈家，你有辦法嗎？俗話說『食果子拜樹頭；食米飯拜田頭。』你要感謝沈家、感謝我們啊！結果你在沈家需要你的時候，卻不打算回報？還質疑我們貪財？養你也要錢啊，要是沒有錢，你早就餓死在路邊了！」

舅舅最末一句說得刺耳，簡直像是詛咒。翠玉被嚇得想靠緊母親，母親卻只是甩甩手和她保持了距離。

在這個夜裡，沈家人像是黑夜裡的萬物一般，在太陽下山之後露出原形。沒有光照的原形。

「餓死在路邊，跟抱著珠寶笑，你選哪一個？想也知道吧！」

「你為什麼老是只想著錢？聘金制度早該廢除了！振興會不是說過好幾次了嗎？這種漢人的陳腐制度就只是在買賣女兒而已！就是有你們這種貪財的父母，社會才無法進步！」

「我當然不是只想著錢，我想著沈家！」

香香緊咬下唇。「已經是新時代了，為什麼還要用家族來束縛我？我難道就沒有一點點想做什麼的自由嗎？就因為我姓沈，就因為你們養了我，我就要一切都聽你們的？你們就要用『孝順』的名義來控制我？我也是一個完整的人啊！」

「好！好！你就是新時代的女性！」舅舅哈哈大笑，聲音卻沒有絲毫笑意。

「但是新時代的女性啊，你知道嗎，我們的房租快要繳不出來了。這些聘金來得正是時候。要是房租付不出來了，你要付嗎？你付得起嗎？你要是不答應婚事，我跟你媽，還有你姑姑一家，都要流落街頭。而這都是為了你一個人！我告訴你，到時你也要跟著一起餓死了。『覆巢之下無完卵』，到了那時，你也做不了什麼摩登女性了。到底該做什麼，你還不清楚嗎？」

香香愣住了。像是手袋被翻出內裡，這才發現精緻的表面底下，其實藏著看不見的汙垢。但是手袋的汙垢可以被洗清，沈家的汙垢會有乾淨的一日嗎？而見過汙垢的她們，未來又要怎麼辦呢？

舅舅的聲音，翠玉已經不願認識了。至少此刻，她不願認說出威脅之語的舅舅做親人。但是翠玉每每將目光投向母親，都會發現母親沒有流露半點不贊同的表情。她感到深深的孤獨。

在對面孤立無援的香香，難道就是唯一的夥伴了嗎？

「我可以說不嗎？」香香說，她的聲音帶有喉音。翠玉感覺到她快哭了，跑到香香身邊抱住了她。

這時翠玉才看清楚舅舅的表情，看著自己寵愛多年的親生女兒泫然欲泣的表情，他居然十分冷靜。

「其實啊，我們也不是為了自己。這一切都是為了沈家、為了沈家的列祖列宗。我們一家要是破碎了，對得起沈家的祖先嗎？我們這也是為了你好。你看，你若是嫁過去蕭家，以他們家的實力，你後半世人就不愁吃穿了。你嫁過去以後，我會讓你翠玉姊招個對象結婚，生下來的小孩就姓沈，來延續沈家的香火。不過，你要是不從的話，」舅舅往前站一步，指著攙扶香香的翠玉。

「我就把翠玉送到新町去。」

新町——翠玉記得，這是臺人遊廓的名字。送到那裡去，就是墮入風塵了。

她看著舅舅，說出這種話的舅舅，沒有半點愧疚。他為了說服香香，什麼方法都用出來了。而且這種話，是可以在她面前說的嗎？舅舅完全不顧慮她的想法嗎？果然從來就沒把她放在眼裡啊。在舅舅眼中，翠玉只是因為和香香要好，所以可以用以作為威脅香香的工具吧。

翠玉往母親處看了一眼，母親並未看向她，只是專注看著舅舅。

啊，這畫面她太熟悉了。

「……你一直以來都是這麼看待我們的嗎？」香香問。翠玉聽到這句話時，心都要碎了。

香香當真了，完蛋了。

雖然舅舅說的也許是真話，但是那些真話必須當成假的。要是聽進去了，那就完蛋了。

「不要聽他的啊！」翠玉對著香香喊。但舅舅顯然不把翠玉放在心上。他請舅媽上樓去香香的房間裡拿東西，舅媽便拿了一函書下來。那是香香的漢籍。舅舅翻開，拿出一冊冊書，從裡頭抖落了幾張紙。香香見狀，肩膀震了一震。

「真可愛。是想得到我的稱讚吧。就算是這樣……」舅舅拿起那幾張紙，上頭有娟秀的字跡，大概是香香的詩稿吧。香香的眼神從未離開那幾張紙，因此她親眼看著舅舅拿出火柴，引燃了詩稿。

「我燒一下，它就沒有了。」舅舅說。詩稿落在地上，在火焰中轉為焦黑。香香跌坐在地上，眼中映著火光熒熒。

舅舅大可不必這麼做的。翠玉感覺到，他只是被憤怒沖昏了頭。雖然香香並沒有說太多頂撞的話，但光是這些，已經讓舅舅感覺到自己的權威被冒犯了。他為了保護自己的權威，甚至不惜摧毀女兒的自尊。對於舅舅來說，何者比較重要，是十分顯而易見的。

他大概感到後悔了，後悔自己給了香香太多機會。因此對他來說，這只是「收回」而已。

所以，舅舅看著焚稿的神情才沒有一絲猶豫。

香香則心碎了。翠玉攙扶著她，卻覺得香香的內部正在逐漸瓦解，就像焚稿一樣，被燒燬成一小片一小片。香香的內心充滿了灰燼，無論如何撿拾、拼湊灰燼，也再不能回歸成完好的紙。香香的目光一直沒有離開那團火，直到火終於消耗完所有的燃料，連火自身也消失了。

「……原來你們一直都是這麼想的啊。」

香香顫抖著說。

「既然如此，我為什麼還要有自尊呢？我真的……真的是笨蛋啊。」

香香身子一軟，癱了下來。翠玉急忙走近，打算扶起香香，卻發現舅舅也靠了過來，抱起了香香。彷彿剛剛緊張的對峙是一回事，女兒的身子是一回事。翠玉跟在舅舅後頭，看著他把香香輕輕放到床上，脫下鞋子，蓋起棉被。舉止意外的溫柔。

舅舅做這些事時，翠玉感覺他似乎在哭。

舅舅是不會哭給人看的。因此，翠玉感覺到的哭，是舅舅用另外一張藏在他威嚴面龐下的臉。那張臉是翠玉看不見的，但翠玉覺得，舅舅用那張臉在哭。就算舅舅臉上沒有一滴淚。

這些，都是香香不會知道的事了。

*

那天晚上以後，香香連漢詩也棄了。不能刺繡、讀書，香香陷入了長時間的沉默，只是看著房間裡緩緩移動的光影。香香脆弱得像是薄薄的糖衣，一碰就會碎裂。翠玉有時在旁邊靜靜陪伴她，有時說話。香香不會回話，翠玉只能自己說下去，說服自己，香香其實正在聽。

「爸爸老家那裡應該可以借一點錢，我們可以趁晚上，他們睡著的時候走，兩個人的話，在都市裡也可以相依為命。香香可以去當巴士車掌，我在新聞上看到有女車掌呢，香香穿起車掌的制服一定很帥氣。我的話，我可以去珈琲店當女給，穿著圍裙微笑，還能天天聞到珈琲的香氣。——反正無論怎麼樣，總是比被賣去新町好嘛。」

翠玉自嘲一番，香香卻沒被逗笑。大概是這個笑話太沉重了吧？翠玉只好開始搜索腦內的故事。她前日發現了蛇郎君的傳說後，又做了一番調查，如今想起來的只有這個故事。

她跟香香說了蛇郎君的故事。

從前從前，有一位阿伯，他有三個女兒，其中小妹生得特別美麗。阿伯某天出門工作時，碰巧看到一片美麗的原野，原野上長著美麗的花。他採了三朵花要給三個女兒，這時走來一名年輕人，問了阿伯採花的緣由。原來這名年輕人是蛇郎君，他要求阿伯把三個女兒的其中一個嫁給他，否則，就要吃了阿伯。

阿伯回到家十分傷心，把這件事告訴三個女兒，大姊和二姊都拒絕嫁給蛇郎君，只有孝順的小妹答應了。

蛇郎君帶著許多聘禮來到阿伯家，娶走了小妹。阿伯擔心以後無法探望小妹，蛇郎君建議阿伯，可以準備豆子與芝麻，讓小妹沿路撒，這樣一來就可以找到蛇郎君的家。

阿伯在數日之後，果然因此找到了蛇郎君的家。蛇郎君家十分氣派，小妹過得非常幸福，阿伯把這些事情告訴大姊跟二姊，大姊因此決定去探望小妹。

大姊建議和小妹交換衣服穿，又建議小妹對著井水，照照兩人的模樣。大姊趁著小妹看向井水時，從後面將她推向井中。從此，大姊取代小妹，變成了蛇郎君的妻子。

幾天後，井中飛出了一隻小鳥，小鳥唱著歌，說妹妹被推到了井裡，姊姊則取而代之。大姊把小鳥殺了煮來吃，將小鳥的骨頭丟到庭院中，沒過多久，庭院中長了竹子。大姊把竹子拿來做成椅子，但卻總是不舒適，因此大姊又把椅子當柴燒了，煮了紅龜粿。大姊原本打算把紅龜粿放在棉被裡，等蛇郎君回來吃，但蛇郎君回來時，卻發現紅龜粿變成了小妹。

小妹告訴蛇郎君事情的真相，大姊見狀，羞愧地奔出家門，投井自盡。

翠玉把故事說了一遍，原本沒有反應的香香，抬起頭來看著翠玉。

「你為什麼要說這個故事呢？」

「……因為我聽到了蛇郎君的傳說……」

「你該不會以為是真的吧？」香香歪頭，似乎不能理解翠玉。

「蕭家給的不是蛇簪嗎？而且我也聽到傳聞，傳聞說，地震後蛇郎君出洞，要娶新娘。不是還有蛇毒蔓延嗎……我太怕了，萬一是真的，怎麼辦？」

「你想太多了。現在可是科學昌明的時代呀，本島人迷信，你別跟著人云亦云。那都是無稽之談呀。」

「可是……」

「你也該成長，不要再去想那些了。」香香眉眼低垂，「如果你有所成長，你應該知道，就算是逃家，事情也不會有任何改變的。我們肯定很難撐過第一個月。到時候說不定要仰賴陌生人的好意。如果陌生人還是男人呢……說起來，和現在又有什麼不一樣？」

香香說著，又把頭轉向窗外。

「說到底，你也是時候該考慮自己的事了……我走了以後，你就是自己一個人了。不要事事都繞著我轉。我們兩個又不是非得要綁在一起。」

風吹得窗簾揚起，翠玉看不清香香的表情。不知道她是懷抱著什麼情感說這些話的？

翠玉感覺到，香香正一個人待在深深的井底，亟需救援。她卻拒絕了上頭降下的唯一繩索。或許是因為詩稿被摧毀了，她的內心也變得破碎，認為自己不值得被救。

即便如此，她還是掛心翠玉。

還擔心我呢，我擔心的是你啊。

翠玉沒有說這句。她只說：「你不是說過的嗎，因為我們是彼此的同伴啊。」

翠玉說得很小聲，小聲到，語尾逐漸被啜泣所淹沒。

＊

這大概是第一次，香香遇到自己無法決定的事吧。

真是令人羨慕呢。

一發現自己的這個念頭，翠玉心中馬上升起了罪惡感。翠玉曾在年幼到不知幾歲時，第一次發現，就算是母親，也總是看著表妹香香，而非看著她。

那一刻所得到的情感，翠玉在多年以後才開始理解。

那是困惑、悲傷、絕望，那是她一直都很清楚的情緒。

但香香不是也這麼說過嗎？說過「我真羨慕你啊」。

翠玉羨慕香香的光芒，而香香這句話的意思，恐怕是，羨慕翠玉的「黯淡」——因為黯淡，所以不會被寄予期待，也就因此擁有更多自由。確實，翠玉可以常常出門、可以主動確認可疑的婚事，都是源自於這份黯淡。

原來她們就是這樣，彼此羨慕著對方的啊。

雖然翠玉不是婚事的主角，但是她依然感到，她「黯淡」的位置有其重要性。正因為她不是光，不是主角，所以她或許能看見香香的角度看不見的事。她現在的好奇，或許有部分是為了自我證明，但翠玉也隱隱感覺到，或許並非如此。

她又去了一趟寫真館，老闆娘依然在休息中。

翠玉懷抱著使命，在沒有月亮的漆黑之夜，跟上了送親隊伍。

二

這一夜沒有月亮。

黑暗的星空中，因為失去了作為主角的月亮，平時看上去微弱的星星，都變得明亮了起來。翠玉一邊前進，一邊抬頭尋找著她熟悉的星星。因為若非如此，她就必須思考眼前的情況，但眼前的情況，分明是無論怎麼苦思，都不會有答案的。

送親隊伍正在黑暗之中前進。

隊伍前端是吹奏嗩吶和打鼓的婦女。由於在深夜前進怕驚擾住民，因此除了一開始隊伍啟程之時吹過幾聲，其餘時間便寂靜無聲。其次是用牛車載著嫁妝的婦女。那幾輛牛車抵達時，原本是載著蕭家送來的禮物。如今換了嫁妝，仍舊滿載。上頭鋪了紅布，放了一張大大的「囍」字。

在牛車後的，是蕭家夫人的轎子。四個女人抬著蕭夫人的轎子，在後頭是香香的花轎，抬轎的也都是女人。除此之外，還有許多提著花燈的女性。那些雕花的花燈捆上了紅布，昏黃的燈光也染了幾分喜氣。花燈照著黑夜中無人的街道，也照著隊伍中的女人柔媚的面龐。

整個送親隊伍裡沒有一個男人。

當這些女人抵達沈家時，沈家嚇到了。他們沒想到提親、下聘時來的是女人，迎親隊伍還是只有女人。特意挑在晚上的吉時成親已經夠詭異了，居然還是全部都是女人的迎新隊伍。蕭家夫人解釋，按理應該要由少爺的兄弟來迎親，但少爺是獨生子，因此由她代替。

蕭夫人說話時，外頭傳來喧譁。有人大喊：「那女人會法術啊！她控制了我老婆！」

他一喊，一群男人隨之鼓譟起來。原來那些男人是迎親隊伍中女人們的丈夫和兄弟，他們聲稱那些女人是被操縱了，才會協助蕭家的嫁娶。他們警告沈家千萬不可讓女兒上轎，嫁到這種來路不明、又會法術的家族裡，不知會發生什麼事。

舅舅沒有理會那些男人的話。只是顧著和蕭夫人說話。蕭夫人說，她早已與曾為家族做工的女人們約好，請她們大喜之日來幫忙。那些男人只是臨時反悔的攪局之徒罷了。

蕭家的隊伍人數眾多，雖然完全不符合現今提倡的「文明結婚」精神，但沈家對於蕭家的傳統作風十分滿意。

但據說不少大戶人家都把花轎換成馬車了，蕭家居然還是花轎，未免過於古典。

雖然是古典的儀式，香香卻身著西式的白紗出現。她穿著高領的白色蕾絲刺繡洋裝，香香膚色本來就白皙，在白紗的映襯之下，更顯得整個人像雪一般剔透清亮。香香的短髮上戴珍珠頭飾，耳掛著細長的玉墜，手戴純白手套，頭頂著垂落下來的長長頭紗。頭紗流瀉到地上，張揚了新娘的華貴氣派。她面龐微紅，眉間緊鎖。不知情的人，會以為那是新娘的不捨與羞赧，無損於她震懾人心的美麗。

什麼嘛。

明明抗拒著當新娘，卻還是不情願地散發耀眼的光亮。這不是太狡猾了嗎。除了翠玉以外，其他人也感覺到了吧。舅舅笑說，可惜沒想到，不拍張寫真起來真是太可惜了。蕭夫人說，夜晚光線不好嘛。不然到了我們家，白天再和新郎拍一張。

他們是真心沉醉在嫁女兒的喜悅裡的。香香往日的抗議，已經消失在他們腦中了吧？

香香拜過祖先，飲過酒，坐上花轎。翠玉便跟了上去。女方需要有一位陪同，由翠玉擔此重任。她走在香香的轎子旁，臨行前母親說，要走到龍崎喔，非常遙遠的。

但令翠玉害怕的不是遙遠。在離開熱鬧的沈家之後，她漸漸發現，送親的女人們安靜得離奇。

翠玉穿著淡粉色的洋服，像是初春的櫻花一樣的顏色。在黑夜裡，燈光是亮黃的，花轎與牛車都是大紅色，在暖黃的色調中，她顯得格格不入。她試著和抬轎的女人們說話，女人們卻一句話也不回。樂聲安靜下來以後，靜謐得令人感到不安，只聽得到隊伍旁追著妻子的男人們發出交談聲和喘氣聲。

明明和這麼多人一起走，翠玉卻感覺到自己無比孤獨。彷彿自己才是這群人之中的異類。

雖然在黑暗之中，翠玉看不清那些女人的樣子。她試圖和抬轎的一個穿長衫的女性搭話，女人沒有聽到。翠玉只好走近她的身邊、喊得大聲一點。明明是不可能沒聽到的距離，那名女性依然頭也不回，只是繼續抬著轎子。她的雙眼直視前方，就跟其他人一樣。

她們的雙眼直視前方，不，準確來說不是前方，只是「不看向旁邊而已」，所以才會看向前方。

但是如果仔細看，燈火映照之下，她們的雙眼裡連火光都映照不出來，只是徹底的一片虛無。

翠玉沒敢再繼續嘗試。她不想繼續發現這些女人有多詭異。萬一發現了，她可能會連這趟路都走不完吧？她甚至害怕，她已經觸及了這些女人的真相。會不會被發現呢？雖然她們現在就像傀儡一樣，但萬一發現翠玉知道了什麼，會不會、會不會對她下手？

想到這裡，翠玉背脊發涼，深吸一口氣。她又怕被注意到，因此摀住了自己的口鼻。這些女人一樣沒有看向她。

稍微冷靜之後，翠玉試著貼近花轎，呼喚花轎內的香香。過了一會，香香從花轎旁的小窗中伸出一隻手，讓翠玉握住。隔著手套的薄紗，翠玉能感覺到香香手心的溫度。一握到香香熟悉的手，翠玉懸著的一顆心就安了下來。

但是，她也為了很快不能再握到這雙手，而陷入感傷。

轎子走得很快，翠玉必須很努力才能跟上。她和香香握著的手，有時也會因為她腳步跟不上而斷開。但是翠玉都會加緊追趕。畢竟是最後了，那至少讓她擁有完整的最後吧。

翠玉好想說話啊。但是太喘了。她想讚美香香今晚就像月亮一樣美麗。不，比月亮更美。如果在月亮和香香之間做選擇，她一定選香香。而且過了今夜之後，又能在天空中看到月亮，不像香香。

為什麼人與人之間終將迎來分離呢。

翠玉的道別極為漫長，但因為沒有月亮，她無從判斷時間過了多久。就體感來說，大概過了四小時吧。他們走到兩旁有房屋的街道，大概是市區吧，翠玉聽到遠方的男人們說，是關廟鎮。

那些女人似乎精力充沛，走過這麼長的路，都沒有感到一絲疲倦，速度依然與啟程時一樣快。但翠玉已經追不上了，她落在花轎後頭的不遠處，只能確保香香的轎子沒有消失在她的視野中。

那些跟著隊伍的男人們也筋疲力竭，落到了隊伍後方。雖然在黑夜中看不太清楚男人們的穿著，但似乎多數是農夫、小販，大部分人穿對襟短衫。只有一名青年，穿著整齊的白色襯衫，讀書人模樣似的，在一群莊稼人當中，顯得特別突出。

翠玉和男人們走到了一起。那些男人看到翠玉接近，並沒有跟她打招呼，或許是因為疲憊，但翠玉感覺到，有其他原因。

那些男人們之中，有一種很強烈的氛圍。雖然女人們詭異的感覺讓翠玉渾身不舒服，但男人們的氛圍，也沒有讓她比較好受。這些男人們臉上都揪成一團，也無心理會其他人，只是默默低頭走著，像是洩了氣的皮球。

其中一個男人看到翠玉來了，用手肘推推旁邊的人：「喂，別給小姑娘仔看笑話啦。」

被提醒的男人整理了一下，才用有氣無力的聲音說：「沒事啦。」

「不知是誰搞的這齣，若是讓我找到，絕對打死他！」沮喪的男人為了挽回自己的面子，故意這麼說。

「口氣真大，你連自己的老婆都打不贏，還敢打後面的法師？」第三個男人開口說。

第四個聲音也加入起鬨。「是蛇郎君啦，蛇—郎—君。你這種軟腳蝦，不怕被蛇郎君吃掉喔？」

沮喪的男人聞言很生氣，掄起拳頭要打說話的人，被第一個說話的男人攔了下來。沮喪的男人僵持了一會，收了手，只好在嘴上逞強：「我那家那個瘋婆，我才不理她。若是她今天死了，我就娶一個年輕的，又年輕又貌美。那種瘋婆誰稀罕啊！」

翠玉想，雖然沮喪男人這麼說，但實際上還是跟在隊伍後面，其實是放心不下老婆吧。只是拉不下臉講。

「話不是這樣講。」第一個男人說。「小姑娘，你剛才在前面，你有看到吧？那種模樣，是真的很不正常吧？」乍看冷靜的男人，說到「不正常」三個字時，居然帶有喉音……看來這件事對他的打擊很大。

「說不定她們的魂魄早就被人抓走了，今天過後，她們也回不來了。欸，我真是沒用的男人……妻子變成這樣，我什麼也做不了。跟她說話也沒有用，用打的也沒有用。只能眼睜睜看著她瘋了……」

男人們的憂鬱像一潭深沉的湖水，翠玉只看得到深色，看不到底。

翠玉想要出聲安慰，卻被一旁的其他人打斷。

「小姑娘啊，你還有心煩惱別人喔？你不怕你心愛的小妹，被那個妖怪吃了？」

深沉的湖水映出湖邊人的倒影，翠玉在其中看到自己無從隱藏的不安。

*

這是科學昌明的時代，這是破除迷信的時代，但是這真的不合常理。

那什麼又是「合理」呢？眾人相信之事就是合理嗎？那麼，在眾口鑠金的現在，原本的無稽之談，是否也變得合理了呢？

翠玉深呼吸一口氣，她的眉間已經因為長久步行而沾滿汗水，新洋服因汗水而黏在身上。夏末的夜裡雖有些許涼意，但活絡後的身體散發著不歇的熱氣。其實翠玉的雙腿已經無力了，要是要她跑起來，雙腿會不會斷掉呢。

不過若是牽著香香的手，那她必定還能跑一段。翠玉努力提起沉重的腳。

翠玉還沒接近花轎，花轎就停了下來，花轎旁兩位提燈女人過來擋住了她，彷彿早已知道翠玉要做什麼。翠玉移動一步，對方也跟著移動一步，這是這些女人第一次對她有了反應，翠玉卻覺得自己不像在和活人互動，反倒像是面對人偶。她喊了香香，又喊了香香的全名，花轎都無動於衷。香香曾經把手伸出來的那個小窗的簾子靜靜垂著，紋絲不動。翠玉壓低身子想迅速穿過，卻感受到一陣衝擊，她被推得跌落在地。

落地時她的小腿擦上了地面，傷口傳來陣陣灼熱。洋服要沾上血了啊，翠玉想著這樣無關的事。

「我又沒有要做什麼。」翠玉說，對方並沒有說話。

「我要去跟舅舅說。」

那兩名女人還是沒有說話。翠玉抓起地上的小石頭，朝向花轎丟過去。石頭丟中了花轎的木質部分，發出小小的聲響。花轎依然沒有動靜。

抬轎的女人像是收到了指令，又抬起花轎前進。或許是相信受傷的翠玉無法再追上，因此把她棄在原地，就能小事化無。翠玉望著女人們遠去的身影，感覺到她引起的騷亂，只是小小插曲，並未造成影響。女人們似乎走得更快了，長途跋涉的後果詭異地並未展現在她們身上。這一切，都讓翠玉覺得女人們像是人形淨琉璃，或是布袋戲偶。現在所見的人形外觀只是一具空殼，內裡有誰在操縱著，而她們對此一無所知。

她試著起身，右腳一使力，腳踝便傳來椎骨之痛。隊伍正在遠去，她沒有時間坐在原地，她幾乎要生氣地用力踩地，就算疼痛也無所謂，卻在這麼做之前，被制止了。

她的左身被人扶著，讓她只用左腳站著，也能維持重心。隔著洋服的袖管，翠玉能感覺到對方的手掌。對方雖然動作迅速，但並不粗魯。她沒有這麼和男人親近過，男人的氣味與體溫從身旁傳來，翠玉不禁感到緊張。

「我請求你的同意。我無心冒犯。」

男人說，是清澈的青年嗓音。翠玉點了點頭。男人將翠玉的手繞過後頸，讓她能站穩一點。翠玉這才意識到，她剛剛在男人群中看過這名身著白襯衫的青年。

翠玉在青年的攙扶下走了幾步。送親隊伍已經往前走了一段，燈光與花轎都變得越來越小。跛腳的翠玉即便在青年的協助下，速度也慢得像烏龜。「這樣不可能追得上呀。」翠玉生氣自己的無能，淚珠咕嚕嚕滑落臉龐。

「失禮了。」

青年說。另一隻手就掃到了翠玉的雙腳附近，把翠玉抬起來，橫抱在懷中。翠玉另一隻手繞住青年頸脖。青年道歉：「不好意思讓你受委屈了，但是你想趕上花轎吧？」

翠玉點點頭。至少要走到看到蕭家吧。雖說是有明確目的，但被青年這麼環抱著，翠玉依然感到不安。十幾年來生涯，翠玉謹守分寸，未讓男人這樣碰過她。今日是非不得已的例外。她跟自己說，不能把這當一回事。

旁邊的男人們可能想過要打趣他們，最後沒有人說話。

青年大步前行，黑夜中看不清他的表情。翠玉心情莊重，看著前方的花燈與花轎。距離雖然被拉進了一些，但也不可靠太近。不知道那些人偶般的女人們又會做什麼。

道路旁的樹漸漸多了起來。有時前方不遠處的花燈會隱沒在樹叢之中，這讓翠玉感到緊張，生怕下一次隱沒，花轎就會隨著花燈一同消失。

或許是越來越接近山上，也或許是因為越來越接近清晨，視線逐漸迷濛起來。起先是淡淡的霧氣，翠玉還能看見遠方的花燈，在黑暗中彷彿能把霧氣照散。但霧氣慢慢轉濃，青年面對濃霧，腳步依然穩健。翠玉並不輕，但是青年並未叫苦。明明橫抱的姿勢應該很費力的，青年以西服包覆的身軀看上去也不健壯，但承接住她的雙手十分堅定，未顯絲毫疲累。

遠方的花燈一個個隱沒。不知是沒入霧中，或是沒入樹叢之中。翠玉身旁所有男人的神態都帶著疲憊，腳步也很沉重。但他們都害怕追丟隊伍，因此前進的速度又快了一點。

青年也加快了腳步。霧氣拂過翠玉身旁，她感覺到清涼的濕氣。不遠處的花燈不再搖曳，送親隊伍似乎停了下來。

霧氣突然消散。

他們位在一片樹林間的空地，四周被高聳的樹木所包圍。原本在樹林外時，天色一度微微轉白，然而進到樹林後，又是漆黑一片。現在霧氣散去，翠玉感覺到四周的黑暗像是要壓迫過來、吞噬掉她。她抓緊了青年。

「啊！」

聽見男人們的喊叫，翠玉仔細一看，地上是散落的花燈，以及倒地的女人們。

男人們紛紛找尋自己的妻子、姊妹，已經找到的人，便企圖喚醒她們。女人們並未回應，有人確認之後，隨即說：「還有氣！」看來，女人們似乎全體陷入昏迷。翠玉示意青年放她下來，在青年的攙扶下急切尋找香香。

剛剛一眼望去，有花燈，有倒地的女人們，卻不見花轎與牛車。

四周沒有建築物。這裡並不是送親的終點吧，為什麼突然停了下來？

翠玉找了一圈，花轎真的消失了。翠玉檢視了每一個倒地的女人的臉，也都沒看到香香。不只如此，蕭夫人也不見蹤影。

怎麼可能？抬轎的女人還在這裡，香香怎麼可能會憑空消失？

翠玉一想到香香居然在她眼前消失，著急得不得了。若非心懷不軌，何需避人耳目？會被吃掉嗎？會被吃掉吧？她就要從此失去香香了嗎？她一想到這裡，腳都軟了。翠玉跌在地上，呆呆的望著前方花轎消失的地方。

「你待在這裡，我去前方看看。」青年說著，小跑步往前方跑去。

「等等我！帶我去啊！」翠玉對著青年的背影喊。但青年走沒幾步，身影就消失在黑暗之中。面對翠玉的呼喚，他頭也不回。

翠玉身旁是男人們手忙腳亂的聲音。因為不確定妻子姊妹是生是死，因此他們慌亂得亂了步伐。有些人呼喚的聲音甚至極為淒厲，也有人想把妻子拍醒。翠玉坐在一團混亂中，看到了旁邊落下的花燈。

——沒有燈可不行啊。

她從地上撿起花燈，把花燈的桿子拆了，當作拐杖使用。另一隻手則拾起另一盞花燈。青年未免太莽撞了吧？連燈都沒拿。這樣應該什麼都看不見吧。還可以追。只是翠玉每走一步，腳踝的傷就宛如燃燒一般地發疼。翠玉一拐一拐地前進，人群逐漸離她越來越遠。她也不管她負傷前進是件多麼危險的事。

翠玉聞到鮮血的鐵腥味。那是她腫脹發熱的傷口散發出來的。氣味很濃烈，對於黑夜樹林中的未知生物，恐怕更是如此吧。她用另外一隻手擋住傷口，不過一拐一拐的前進時，這麼做當然是徒勞。傷口在擠壓下流出更多的血，黏上了翠玉的手。現在，連她整個手都是鮮血的氣味了。要是存在嗜血猛獸的話，她現在就是一個明確目標。而且就算襲擊翠玉，翠玉也逃不了。

況且現在舉目漆黑，伸手不見五指，根本無法清洗傷口。她光是確保自己走在道路上都有困難了，怎麼可能去找水呢？更不用說只要一耽擱，她就會離花轎越來越遠。這樣豈不是本末倒置？

不過這種說法，旁人會笑她傻吧。反而是自己切身的傷口，被翠玉放到了最末。

翠玉連自己都不想管了，她只想著要追上前方的花轎。

在黑暗中走路，她看不到周遭的景物。只感覺到，因為越來越深入，周邊有一些尖銳物體掃過她身旁。那些應該是樹枝吧，花燈掃過時，可以看到乾燥的枯枝。因為窄小道路久無人煙，植物就蔓長到路上來了。翠玉來不及感覺到痛，只感覺到被打擾，她很怕因為分神理會枝椏，而失去方向感。

她決定不理會拂過身上的異物，奮力前進。她雙眼直視前方。好像只要一直看著，即便前方是一片黑暗，消失的花轎也會再次出現。

遠方好像有一個極小極小的紅點。

翠玉不確定那是不是幻覺，或許是因為她相信花轎在前方，所以才出現的。但也可能是真的。漆黑如墨的夜晚吞噬所有物體，或許花轎還沒被吞噬，所以她才能看見。

遠方的紅點似乎在移動著。

樹林中的群鳥被驚起，蟲鳴一時人噪。翠玉感覺到有什麼東西正在迅速跑過來。那東西太快，她來不及抵擋。萬一是野獸，她一點逃命機會都沒有。

「你這麼做是找死嗎？」

青年從黑暗之中跑出，一進入視野，步調就慢了下來。

看到青年，翠玉鬆了一大口氣。一瞬間，突然有點想哭。

「你追不上的，回去吧。」青年說。語氣很平靜，但似乎壓抑著什麼。

「香香在前面啊！我不能丟下她……」翠玉低頭說。不過她也知道，自己已經到極限了，再走也沒幾步。

突然，青年靠近翠玉，把她扛了起來。翠玉沒有反應過來，被扛了之後才開始掙扎。但青年完全不理會她。他像是扛米一樣，把翠玉放在肩上快速往回走。翠玉沒想到最後不是輸給自己的腳，卻是輸給這個一度幫過她的青年。翠玉一度想過發揮本能，咬青年一口，趁機逃走。

「你這樣下去，見到你妹之前你就沒命了。」

青年的話說得很重。他是真的生氣了。翠玉聞言，完全無法反駁。確實她是賭命，而且賭得毫無勝算。要是追上了花轎，是運氣好，要是追不上……翠玉冷靜下來後，一想到她可能孤身受困漆黑山林，便感到背脊一涼。但翠玉還是拉不下臉道謝，或是道歉。

「就算是那樣，要是香香就這麼消失怎麼辦……」羞愧、悲傷等各種情緒湧上來，加上因為被青年扛著而湧起的安心感，翠玉的眼淚就這麼流了下來。由於她頭向下垂著，眼淚也往頭髮的方向流，流經額頭。擦額頭上的淚水總感覺好怪，翠玉索性不擦了。

她在自己的哭聲中，聽見青年輕輕嘆息的聲音。

雖然是嘆息，卻沒有困擾的意思。

＊

青年走回女人們躺著的地方後，把翠玉放下。翠玉感覺自己像是被卸貨的貨，但面對救命恩人，她沒有臉抗議。很快的，青年又走進黑夜。一眨眼的工夫，就看不到人了。感覺就像是立刻從眼前消失一樣。

他難道就不會沒命嗎……

青年看上去只比自己大三、四歲，為何有把握進入黑夜裡呢。

原地的男人們搞清楚狀況後，已經開始動作。他們其中一些人去附近的庄上找醫生來確認女人們的情況。另一批人去借牛車，打算把女人們載回去。在那之前，他們討論了一下，要不要去找警察大人。雖然警察可以幫忙解決事情，但如今的情景太難和警察解釋了，要是警察大人受理了報案，但又不信怪力亂神，為了破案，胡亂把男人們當成兇手怎麼辦？他們會不會被誣賴為「下毒迷害婦女」？因此討論以後，沒有人打算去告訴警察大人。

翠玉在原地等待，女人們的身軀像是被抽空了內在的異物，雖然沉睡不醒，卻不再有那種不可觸碰的詭異感。醫生來了，他帶著狐疑的眼光看著這一切，男人們拚命跟他解釋，他依然半信半疑。醫生診斷過後，說這些女人沒有異樣，只是身體虛弱。醫生擔心夏末的夜露太寒冷，建議男人們盡快把女人們載下山。

翠玉也跟著坐上了牛車，在後頭看著微微泛白的天空。女人們身子偶爾會動一下，好像在做很長很長的夢。

回到關廟鎮上後，眾人坐了臺車回到臺南市區。翠玉到家時，沈家人已經醒了，問翠玉說：「怎麼自己回來？怎麼不是蕭家送你？」翠玉渾身虛脫，還是強撐起精神說明情況：那些男人說得沒錯，蕭家用妖術操縱送親的女人，並且讓花轎在翠玉面前憑空消失。翠玉說著又落了淚，「有什麼好不讓我跟的！是怕我看到什麼嗎？萬一、萬一他們對香香怎麼樣……」她很怕說出那些情況，怕只要說了，香香就會真的遭遇不幸。「他們可是、可是、可是……」她腦中閃過蛇形簪，閃過蛇妖出洞的流言，但是就是遲遲不敢說出「蛇」一字。她平時應該要很粗枝大葉的，這時卻連想到都會害怕。

相較於翠玉的激動，沈家人表現得很冷靜。

「大家是不可能會虧待自己的媳婦的。」舅舅說。

翠玉一度懷疑自己聽錯了。

「是呀，」母親也接著說。「香香嫁到蕭家，就是蕭家的人了。這個時陣，我們後頭厝這邊就不好插手。這樣對蕭家不好。」

「欸呀，蕭家花了這麼多心思娶香香，一定會對我們香香好的。」舅媽說。

翠玉聽得背脊發涼。只是過了一夜，香香就完全被視為外人了。除開結婚的意義，單論發生了什麼事的話，不就是綁架嗎？為什麼一包裹上結婚的外衣，就使沈家人失去了理智？先前對於香香的寵愛又算什麼？「結婚」就是這麼一回事嗎？那麼再過不久，她也要「結婚」嗎？到時，也會被視為外人嗎？

翠玉懷抱著這樣的困惑，陷入迷惘。她想找人商談，卻完全沒有人選。這時她想到了阿窗婆。雖然阿窗婆是支持香香嫁給蕭家的，但或許聽到這個情況，連阿窗婆也會看不下去吧？她去到阿窗婆家，講那些女人詭異的狀況。阿窗婆聽翠玉說話時，神情嚴肅，一邊附和：「這樣確實很嚴重……不知道蕭家為什麼要這麼做……」

翠玉感到心安不少，這可是第一次有人意識到嚴重性。但是當她說到「可能是蛇郎君控制了她們」時，阿窗婆又笑笑，說那只是無稽之談。就算是在阿窗婆年輕時，也早就沒有蛇郎君了，更何況是現在這個文明的時代呢？

阿窗婆又說：「就算真的是蛇郎君好了，蛇郎君可是很溫柔的，那不就代表香香很安全嗎？」

翠玉一直想著這句話。她完全無法反駁。離開的時候，阿窗婆又說：「別再想香香的事了，想想你自己吧，你可是要做大事的人呢。」

雖然是對翠玉的鼓勵，翠玉卻感到不自在。

沈家人把翠玉的不安，當作是香香離開後，過於寂寞所導致的。因此並不在意。不，這也只是沈家一貫的態度而已。而且，沈家此時有更需要在意的事。

翠玉某天一打開門，就被附近的頑皮孩子丟了一隻東西。翠玉趕緊甩開，落在地上，她才發現是一隻死老鼠。孩子們看到翠玉驚慌的樣子，哈哈大笑：「哈哈哈，吃老鼠，給蛇下蛋。」翠玉一時沒有反應過來，孩子們又繼續笑她：「蛇老婆，生小蛇。」翠玉這才意識到，他們在說的是香香的事。意識到的一刻，翠玉頭皮發麻，寒意從腳底竄上來。

「你們在說什麼……」

看到翠玉回話，小孩更興奮了，邊跑邊大喊說：「蛇老婆說話了！說話了！」

這是認錯人了嗎？她下意識地回說：「不是我啊！」但話一出口，她就後悔了。

——不是我，那難道就是香香嗎？

一想到這個念頭，翠玉不禁感到恐懼。她怎麼能這麼想呢？惡作劇的孩子四散開了。翠玉留在原地，依然原諒不了自己。雖然只是一瞬間的事，她的愧疚卻深入骨髓。翠玉蹲下，抱住頭，輕輕哭了起來。

而如今，已經沒有香香來安慰她了。

三

雖然翠玉並不希望看到這樣的結果，但是那晚的事，已經成了府城的大新聞。報紙刊載著「深夜婦女五十人昏迷事件」，說明了這次事件的始末：大約五十名婦女在深夜前往龍崎庄附近的山間道路，因不明原因昏迷，醒來之後雖然無恙，但每一個都神情恍惚。問她們發生了什麼事，一問三不知。根據尾隨目擊者的說明，她們是幫沈家送親的隊伍，但是報社想訪問沈家，沈家卻拒絕回應。

報導最後提到，這五十名女人都說自己做了夢。

報社的報導就寫到這裡。但是關於這些夢，存在著很多謠言。翠玉在小報上，看到了名為「五十人之夢流言」的來稿，提到「這五十名女人做了同一個夢」。

文章寫說，她們在夢中看到一個蛇頭人，帶著她們往前走。令人不寒而慄的是，每一個女人，都說她們做了這個夢。五十個人，每一個人夢到的情境都一樣。這怎麼可能？

執筆者似乎非常不能相信。但是又不得不接受這個事實。只能寫說：昔有千里眼女御船千鶴子之事，世間之謎，或恐有科學未能窮盡者？

翠玉一想到這件事，就要感到害怕。果然那天她所看到的女人，是真的被操控了吧。但是「蛇頭人」之說……又讓她懷疑，蛇頭人難道就是蛇郎君嗎？

警察盤問了當天的目擊者，包括翠玉。翠玉的母親以翠玉「尚未從驚魂中恢復」為理由，堅持在警察詢問翠玉時列席，結果翠玉也沒能說出她的感想。隨著輿論的沸騰，整件事被導向「婦女協助蕭家娶親，卻體力不支，進入山上後集體昏迷」的方向前進。因為婦女們一度昏迷，所以失憶也是正常的。只有「五十個人都做相同的夢」這一點，是無論如何也無法解釋的。但是這本來就不是警察的職責範疇，面對因為這個詭異因素而恐慌、認為這是地震後不祥之兆的百姓，警察也只能主張，這是婦女們串通好的說詞，荒誕不可信。

畢竟在這破除迷信的時代，怪異是不應該存在的。

啊啊，就是因為如此，所以當真正的怪異出現之時，官方才會選擇視而不見吧？平常頗具威嚴的警察大人，在這時居然表現得軟弱無力，翠玉打從出生以來第一次，感覺到了官方的軟弱。過去，她循規蹈矩地上學、做體操、學國語、列隊集合，在天皇誕生的「天長節」放假。但那個晚上所經歷的，完全是過去掌控她生活這股力量，所無法觸及的領域。她無法解釋為什麼花轎會突然消失、為什麼女人們會被操縱……也沒有人能解釋。

送親那晚，翠玉踏出家門的那一刻起，她就踏入了另一個世界。

至今，她還停留在那個世界吧。所以現在才會感覺到，她不屬於眼前的現實。

*

香香出嫁後某天，翠玉聽到外頭有動靜。她拖著尚未痊癒的腳下樓，打開門，發現一輛漆黑的自動車停在她們家門口。

「下來啦？你看，剛好今天到的！」母親用歡喜的聲音說著，臉上堆滿坦率的笑。翠玉好久沒看她那麼開心了。

他們家來了一輛氣派的自動車，方正的車身，外搭流線型的輪蓋，奢華又帥氣。聽舅舅的解釋，是前陣子下訂的「雪佛蘭」自動車，剛好今天收到。司機也聘請好了，一併在同一天上工。他們收到新車之後，第一件事，就是去拜訪阿窗婆。翠玉這天因為腳傷沒有上車，後來她上了車，聞到自動車內部嶄新的氣味，第一時間摀住了口鼻。全車之中，只有她這麼做。

除了翠玉以外的所有人，都不覺得新車氣味刺鼻。舅舅甚至天天坐車出門，他說是去拜訪老友，但有些老友，恐怕都已經二十多年沒往來了。

母親也安排著與親戚見面。某天翠玉拖著快痊癒的腳下樓，母親開心地喊她：「快過來看看！」隨後牽起翠玉的手。

在香香出嫁之後，母親很常露出這樣的表情與動作。雖然母親將近四十了，露出這種表情時，看起來就像學校裡和翠玉同齡的女學生，無憂無慮，既天真又愉快。不知道是不是因為歸來的富裕生活，讓母親想起童年了呢？

桌上，放著一字排開的手錶。從左到右，一共有六隻。手錶是金銀顏色，散發出閃亮的光澤，像在宣示它們的高貴。

「哪來這麼多手錶？」

「昨天去時計店買的，拿去送你堂舅他們。我很久沒見到堂哥們了。他們收到應該會很高興吧！真希望他們不棄嫌啊。」

誰收到手錶會不開心呢？那可是身分跟地位的象徵，戴錶是足以令人自豪的事啊。不過舅舅、母親跟其他堂兄弟之間的關係一向不緊密，如今又是為什麼要這麼做呢？

母親對翠玉說：「挑一隻吧！」

「咦？我挑？這不是要送給堂舅們的禮物嗎？」

「多買了一隻給你。如何，很快就要開學了，戴去上學也很風光吧？」

翠玉從來就沒想到會從母親身上得到手錶。以往這種貴重物品一定不會有她的份。難道人會因為變得富裕，而有餘裕對人溫柔嗎？

那些手錶躺在禮盒裡，即便是在面前，翠玉也不敢直接觸碰。她細細地看過了一遍，錶面都十分精緻，指針靜靜的躺著，宛如錶中有另一個時空。其中一隻錶，看起來比其他都安靜、都不張揚，她拿起來，跟母親說要。母親一聽就笑出聲來。

這時剛好舅舅開門回來。翠玉一臉疑惑，母親也沒有先向翠玉解釋，反而是拉著舅舅說：「我跟你說，我們家翠玉真好笑，叫她選手錶，看了這麼久，居然選中一隻最便宜的！」母親繼續哈哈大笑，舅舅也附和著說：「真的嗎？」翠玉看見他們的反應，只想找個洞鑽進去。她沒有料到，不擅於分辨價值，也會是一件令人難堪的事。

「你真是跟你爸一個樣呢，什麼也不懂！」

母親繼續笑著說。翠玉卻覺得一點也不好笑。完全不好笑。

為什麼一定要知道哪隻錶比較貴？這很重要嗎？

知道手錶的價值，但卻不知道香香的心願有多珍貴。這樣，就算是「懂」嗎？

那她寧願什麼也不懂。

翠玉把手中的錶放下，盒子敲在桌上，發出了悶聲。母親一時之間被嚇到了，安靜下來，看著翠玉。翠玉想抗議，又不敢違逆母親，因此只是淡淡的說：

「我不需要了。」

她想快速離去，無奈腳傷還沒痊癒。只能拖著腳，一跛一跛走上樓。這麼狼狽的話，一點氣勢也沒有吧。

＊

沈家正走在興旺的軌道上。翠玉原本以為，因為有了車，所以沈家的水果店應該會把生意做大、用車來運送水果吧？但是水果店卻拉上了門，幾乎不再營業。舅舅跟母親，像是回到了他們習慣的生活方式：準備禮物、拜訪朋友，談一些「重要的事」。他們看上去非常樂在其中，但翠玉卻無論如何，都無法參與到那種愉快之中。她每次看到母親宛如少女般的天真表情，以及舅舅戴上帽子、手錶的少爺模樣，都想問他們：要不是因為香香的犧牲，你們能過得這麼好嗎？

但是母親常說「香香現在一定過得很好吧。」畢竟，香香的夫家有此等財力，在真心喜愛奢華生活的母親眼中，那就是幸福了。

翠玉有時會想起那天晚上，舅舅抱香香回房時，宛如贖罪一般的溫柔。

如果知道香香現在過得不好，他們應該會愧疚吧？雖然物質確實能撫慰人心，但若是產生愧疚之情，應該是無論何等的物質，都難以填補的吧？

假使舅舅與母親，還是她所認識的他們的話……

獨眠的夜晚，翠玉每天都哭。她有很深很深的孤獨與迷惘，卻沒有任何出口。要是香香在就好了。她無時不這樣想。但是聽說，香香歸寧的時間延遲了，蕭家打算先等風頭過去再說。翠玉的孤獨日益堆積，在一個繁忙的下午，她溜出了門。

翠玉確認自己腳傷完全康復，上下樓梯也全然沒問題了，決定再次去香香失蹤的地方看看。她聲稱為開學做準備，要去買文具，借走了司機和自動車。翠玉請司機載她到香香失蹤的樹林外，塞了錢請司機保密。

翠玉攤開手邊的臺南州地圖。據說蛇妖所在的蠔鏡窗山，山壁有一片光滑的區塊。遠看光滑，但是近看則有層層紋理。由於那座光滑山壁從遠處看，就像是牡蠣殼一般，因此稱之為「蠔鏡窗」。但蠔鏡窗為何會如此，並沒有人知道。要是學校先生，或許能用科學的方法解釋吧，但是府城的人們更習慣的，是蛇妖的傳說。傳說蠔鏡窗山有個山洞，山洞裡住了一隻蛇妖，在清國時期，或是更早的時代，那隻蛇妖曾經出來害過人。祂曾一度被鎮壓，但是地震把祂震醒了。

這是算命先生說的。翠玉攤開地圖給他，算命先生在地圖上畫出一個圈，說，蠔鏡窗山大概在這。

但是那個圈太大了，怎麼找呀。

「是一個山頭，你看到就會知道了，不會錯的。」算命先生說。

翠玉最後還是回到了那日送親的路線上。她想先朝著山上走，就算蕭家說謊，他們還是自稱住在龍崎庄往山上走的地方，翠玉也只先沿著他們的說法走。

午後的樹林裡迴盪著蟬鳴。將近九月，蟬聲不似盛夏那樣惱人。蟬聲雖然近得彷彿在耳邊，但蟬的身子極小，很難讓人發現牠的確切所在。樹林裡依然有太多翠玉不知道的事物，即便藏在近處，她仍無從知道。

由於可能要爬山，翠玉今天也選擇了好活動的洋服，配上一雙好穿的舊鞋。那是一件水玉的長洋裝。雖然說洋服已經比本島人穿的長衫更適合活動，但如果可以，翠玉真想穿長褲。

翠玉走回女人們曾經躺著的地方，沿著道路往深處走。路面因為行經的人稀疏，有幾片落葉。翠玉腳步落下時，都伴隨落葉清脆的聲響。

她感覺到腳下有硬物。

翠玉翻開落葉，拾起那個物體，是木製的圓柱體。圓柱體只有手指粗細，翠玉的少女手掌可以輕輕握住。這個尺寸的物件，總讓她感覺到熟悉，但又有些陌生……她注意到細小圓柱體的後頭，延續著一條長長的赤紅絲線。

絲線……？

翠玉這才意識到那種熟悉感從何而來。這是她們裁縫課上摸過的線捲！

翠玉之所以無法認出來，是因為應當捲滿絲線的線捲，如今光禿，僅連的一條細長的絲線。翠玉沿著手中絲線望去，絲線的後頭落在地上，蜿蜿蜒蜒地指向前方。按理來說，這種荒郊野外不應該出現線捲的，何況線捲的絲線還被扯開得如此徹底。這必然是人為的，而會這麼做的，翠玉只想到一個人。

送親那天為什麼沒注意到呢？因為太暗了嗎？

翠玉說過的蛇郎君故事裡，妹妹出嫁之時，為了讓父親找得到她，沿路撒了一斗豆子與一斗芝麻作為標記。

香香用絲線取代了豆子與芝麻。而且這表示，香香還記得她說的話。

這是給她的暗號啊。

翠玉輕扯絲線，線的另一端延伸向目光的盡頭。沿著絲線找下去，就能看到香香嗎？

翠玉沿著絲線走，一路把絲線捲回線捲上。紅絲線的末端是一條手鍊，大概是為了固定絲線，不讓極輕的絲線被風吹亂吧。在赤紅絲線之後，隔幾步，翠玉又找到了粉紅色絲線的線捲，粉紅色線捲的尾端是香香的頭飾。接著是白色線捲……沿著各色絲線，在路途的最末端，絲線沒了。翠玉沿著絲線消失的地方往前，在地上發現了一支簪子。

翠玉發現這是蕭家下聘前贈送的蛇形銀簪，香香出嫁當天，簪子被巧妙地插在香香的短髮上。翠玉拂去簪子上的沙土，簪子尾端尖銳處露出斑斑血跡。血漬已經凝固，但是看來當時落地，沾到了泥沙。

翠玉嚇壞了，怎麼會有血？這是香香的簪子，所以難不成是香香的血嗎？香香怎麼了？果然是在消失之後遭遇了不測嗎？

——這是表示，香香被吃了嗎？

翠玉握著簪子的手瞬間變得冰涼。不，她不要這個結局。不應該是這個結局。如果真是這樣，她會恨死前幾天沒追上去的自己。一定還來得及。

翠玉在心中重複著「一定還來得及」的念頭。只有這樣，她才可以繼續撐下去。她眼前是一條通往竹林的小徑。翠玉沿著小徑走，這才發現，天色已經暗得一去不返。傍晚的竹林變得陰涼，讓翠玉想起，父親提過「竹林陰氣很重」的這回事……

就算她想找誰說話排遣恐懼也做不到。她現在是獨自一人。

路在竹林裡變得越來越窄，漸漸消失。但消失之處，看起來什麼也沒有，只有傾頹的壞竹倒在地上，擋住去路。翠玉試著沿路的指向繼續走，沒有路面的地方滿是雜草，行動極為不便。翠玉的腳上本來就充滿被蚊蟲叮咬的痕跡，現在再加上跨過草叢時的摩擦，留下了更多刮痕。翠玉以這樣艱難的姿勢探索了這一整塊區域，她發現某一處有光，但在前往時，不小心，整個身子卡進樹叢裡，簪子也從手上滑落。翠玉努力從樹叢中掙脫，把它撿了起來。

她來到一個宛若天井一樣的地方。天光從頂上落下來，懸崖對面，前方的岩石面一片光禿。

這難道就是傳說中的鏡面嗎？

翠玉沒有想過鏡面近看這麼宏偉，不要說蛇精住在這裡，就算蛇精不住這裡，恐怕也要產生傳說。這樣宏偉的景觀，畢竟是超出人類能力所及。翠玉愣了幾秒之後才想到，受了傷的香香，應該就在這裡。但是無論她怎麼看，這裡都沒有像是入口的地方，也沒有人類活動後留下來的痕跡，連個腳印也沒見到。她試著在蠔鏡窗上搜索刻痕或是人造物的痕跡，也都沒有看見。不會吧？如果蕭家住在這裡，應該會有腳印出入的痕跡。或者是——龐大的蛇出入的痕跡。

但是都沒有見到。

冷靜啊，或許有什麼方法可以找到入口。

在蛇郎君的傳說裡，父親要找出嫁的女兒。蛇郎君的指示是，沿著地上的豆子與芝麻走，到了盡頭，有一個巨石，搬開巨石，下面有一個通道，沿著通道走，就可以抵達蛇郎君家。但是翠玉舉目所見，並沒有巨石。

她試著搬開身邊所有可以搬開的大小石頭，把手皮都磨破了，都沒有看到底下有通道。翠玉想，雖然手上有些許痛楚，但跟香香所遭遇的相比，這都不算什麼。她試著對蠔鏡窗呼喚香香的名字。但是山壁並沒有任何反應。她也試著喊過其他的名字，還是一樣。翠玉只能不斷用受傷的手，移動著她能接觸到的所有石頭或樹木。祈禱透過這樣的自我折磨，上天可以憐憫她、施捨給她一點奇蹟。

就在翠玉絕望到要哭出來時，夕陽漸漸落下。她回過神時，已經晚霞滿天。傍晚的天色變幻很快。晚霞以外的天空，方才還是淺蔥色，很快地變成了青藍色，接著是群青色。接著馬上就會變成紺色的。但翠玉依然一籌莫展，她開始意識到，她現在有多危險。

她從來沒有想過回去的事。

翠玉之所以沒有為回程做打算，是因為她相信自己可以抵達蕭家。但她現在才意識到，自己原本的打算有多麼魯莽。經過剛剛的一番搜索，翠玉已經忘記來時路的方向了。雖然花點時間就能找出來，但已經沒有時間了。再說，就算回到小徑上，那又如何呢？這裡可是離最近的市鎮也有將近兩小時路程的地方啊。在這兩小時之中，她都要獨自一人在山林裡趕路嗎？

走了一下午的雙腳，這時疲勞全數湧上。入夜之後的樹林充滿未知，天色一暗，翠玉更沒有把握找到正確的路回去。她回想起那一晚獨自深入山林的感受，黑夜的山林，擁有足以將人吞噬的恐怖。

翠玉已經累了，或許最好的決定，就是趁夜還未深，趕快走回市鎮，或是找庄上的民居。她抓緊了簪子，當作定心之物。

夜色如墨，慢慢從樹林裡暈染開來。雖然來處的樹林已經是一片漆黑，翠玉還是咬了牙，往那股黑暗裡頭鑽。樹林裡滿是亂長的雜草，翠玉不再細心迴避，一舉手一投足，那些雜草不斷在手腳上刮出更多的傷痕。不過要是因此而慢下腳步，就可能來不及在危險來臨前逃出樹林。但當她越心急，就越難找到回去的路。樹林裡已經暗得視野模糊，夜色與樹林融成一片。要是她現在出了什麼意外，無論怎麼樣嘶吼，也不會有人來救她吧。

翠玉只要一想到這件事，就害怕得全身無力。她只能努力不去想。只能想想懷中的簪子，要是沒有簪子，恐怕她現在一定會自我放棄，蹲在樹林裡嚎啕大哭吧。

這時，她感覺到腳下一滑。

因為視線不佳，翠玉沒有注意到腳下的凹洞，踩了個空。翠玉的身子往下滑，當她以為會不斷下落時，感覺到一隻手被突如其來的抓住了。對方似乎很有力量，單手將翠玉拉了起來，移到安全的地方，翠玉坐在一片雜草上。

這個人是誰？

按理來說，這種地方應該是沒有人煙的。翠玉離開庄上、進入山林之後，都沒遇到一個人影。怎麼會突然出現個人呢？

對方轉身看向翠玉，發出一聲「咦」。

「你怎麼在這裡啊？」

黑暗中，翠玉看不清對方的臉，只看得到些許的輪廓。憑聲音與身形判斷，是一名男性。對方向翠玉伸手，似乎是要拉她起身。但翠玉不知道是誰，加上對方是男性，完全不敢答應。

對方遲疑了一會之後，從口袋中摸索東西。劃開火柴後，一張熟悉的青年面龐出現在眼前。

「不好意思嚇到你了。你沒事吧？」火光下，青年靦腆一笑。

是送親那夜見過的青年，沒想到又被他救了一次。雖然在山野之間，但是青年的神情看上去很鎮定，反觀翠玉自己，身上一定因為泥土和雜草而狼狽不堪。她都這麼辛苦了，狼狽一點也情有可原吧。

不過，青年為何在這裡……？

「趁夜還不深快走吧，我會指路給你。」青年說。

「你知道怎麼下山？明明這麼暗？」

翠玉想起來，那晚青年也是隻身一人衝進一片漆黑之中。真是個奇異的人。

青年似乎不打算回答翠玉的問題，只是問她：「你能走嗎？還是需要我幫忙？」

翠玉被這麼問，並不是很高興。那晚被青年扛起，完全是逼不得已。她現在身上雖然有些擦傷，但並無大礙。這種時候怎麼能再倚靠別人？

她從旁邊摸索到一根長樹枝，確認樹枝還算堅固後，拄著當拐杖用。

「你看，這樣也行吧。」

翠玉看不清楚青年的表情，隱約看見他露出無奈的笑。青年指引拄著拐杖的翠玉，下一步該走哪裡。每一步路，他都是先確認過之後，再指引翠玉踩。比較複雜的路段，青年會再點燃火柴，讓翠玉看得清楚些。而翠玉總有種感覺，青年自己並不需要火柴的亮光，他是為了翠玉才點的。而且，青年似乎熟悉這裡的地形。什麼樣的人會熟悉這種山林裡的地形？

「我們要去哪？」

「走回庄上要兩個小時……現在已經晚了，我們動作要快一點。」

「不能去蕭家嗎？」假使青年熟悉這一帶的地形，那麼他也應該知道蕭家在哪裡吧？

但是青年並沒有說出蕭家的地點。他驚訝地看著翠玉，翠玉感覺到他倒抽了一口氣。

「也難怪你會誤會……事實上，蕭家並不在這裡。這只是個騙局。」

騙局……？

翠玉沒有想到會聽到這個說法，腦袋宛如被敲了一記，嗡嗡作響。這是個騙局，那麼是說，她今天自虐的尋找過程，全是徒勞嗎？

青年又出於什麼理由這麼說？

「你說騙局是什麼意思？」

「蕭家實際上並不在蠔鏡窗。他是故意將你或是我這樣的人引過來，然後讓我們撲空的。」青年說出驚人之語。也就是說，蠔鏡窗是個刻意的誘餌？

不、不，香香是真的留下了線捲。這是給她的線索啊。怎麼會是假的。

這時兩人已經脫離連小徑都沒有的崎嶇山林，來到泥土路上。這裡走起路來比剛剛輕鬆許多，但拄著拐杖的翠玉依然難以走快。這座山頭的景象依然讓翠玉感到熟悉，今天的夜晚有月光。然而今夜卻沒有靜謐到令人不安的浩大隊伍，只有香香的簪子。

「為什麼這麼說？我們那天不是一起走過這段路嗎？香香的花轎在那之後，難道不是到了這裡嗎？我撿到了線捲，也撿到了，嗯，其他東西——」翠玉想起簪子上的血，不忍說出來。

「你能確定，這裡就是花轎的終點嗎？」前頭的青年轉身，月光也照在他的身上。和那一夜一樣的，只有這個人了。

「可是香香最後留下的東西在這裡啊！要是花轎移動到了其他地方，她一定會留其他東西給我的。」

「那如果，她沒有辦法留呢？」

「咦……」青年說的沒錯，但翠玉卻不想聽到這種話。簡直就像在說香香已經遇難，但翠玉又沒有辦法否定。這才是最令她焦躁的地方。

「花轎應該在我們眼前消失之後，一路經過你撿到線捲的地方，接著到了蠔鏡窗附近。在這之後，蕭家的人可能把令妹迷暈，或對她做了什麼，導致她無法留下線索，才移動到蕭家真正的位置。我並不知道那個位置是哪裡，總之不在這裡。」雖然都是推測之詞，但青年說得很肯定，他應該對自己的推論相當有自信吧。翠玉想到那種勇於跟教書先生討論學問的優等生。

聽青年一說，翠玉才意識到，青年似乎早已確定「蕭家不在這裡」。但是翠玉都還沒找完啊。

「等等，你怎麼知道蕭家不在蠔鏡窗這裡？雖然我確實去鏡面那裡找過了，沒看到那裡有門。但也有可能是我的方法不對，畢竟蕭家應該是真的有神異的力量，或者，蕭家就是蛇郎君，這樣的話，蕭家一定會用什麼神奇的方式，把門藏起來，但是實際上，門就在那裡，只是我們看不見……」

翠玉越說越缺乏底氣。她真的相信這些嗎？這真的是她想說的嗎？怎麼可能啊，她可是受現代教育的女學生啊。她只是因為還沒從「另一個世界」回來，因此才使用了這種方式來思考事情吧。怎麼可能呢，怎麼可能會有這種法術呢。但是，如果已經存在可以操控人的法術，那麼隱藏門的法術，好像也說得通……

「我能確認蕭家不在這一帶。就算是你說的那種形式，他們也不在。」

「咦……？」

翠玉原本以為這麼說會被笑，卻得到了意料之外的答案。

「為什麼這麼說……」

「因為我找過了。」青年的聲音淡淡的。若是青年的意思屬實，那他應該正在說一件很不得了的事，青年卻不覺得有什麼大不了的。「我找過了這一帶，蕭家真的不在。要是他們使用你說的『看不見』的方式隱藏自己，我一定能找出來的。但是我也沒找到。」

翠玉這才想到，她從來就不知道青年的身分。青年在送親夜裡出現在隊伍之中，但卻不像其他男人一樣，是追著自己的妻子姊妹而來。青年如今又出現在這裡，並且顯然對香香的事有興趣，知道的也比她多——這樣的青年，究竟是何方神聖？

光是蕭家就已經令她心煩意亂了，現在連青年也說起這種話。她要是信了，不就不能再回頭了嗎？

「你是說，你也會……」

「嗯。」青年點點頭。「我會一點道術，所以我能確定這件事。」

「所以你是……道士？」

「準確來說算是術士吧。沒那麼嚴謹，但會的東西比較雜。」青年今天也一樣，是一身的西服。或許因為行動方便，他把袖口捲了起來。翠玉對這類傳統的術士並不熟，畢竟對沈家來說，只要有阿窗婆就夠了。若照阿窗婆做的事推測，青年應該也會看風水、看日子、算命、收驚一類的事。只是她很難想像，看起來像是新式知識分子的青年，會做這些民俗之事。

翠玉追問青年的身分，青年沒有抗拒，但也回答得相當節制。青年名叫花允文，曾到內地留學。確實，青年整個人的氣質，看起來也像好人家的子弟。青年講話時，語氣嚴謹，十分理性，甚至到了有些一板一眼的程度。若是在學校裡，大概會被翠玉當成書呆子，不過這種書呆子，居然又會法術？

「那你為什麼那天會在送親隊伍裡？」

「我跟官方有一些淵源，受警察大人之託前來調查。畢竟這起事件牽動了很多人，後續也引起大眾關注。官方需要釐清背後原因。但這是私下進行的，大部分人都不知情，也請幫我保密。」

翠玉對此有點疑問，警察大人應該是不想理會這種怪力亂神之事的嗎？怎麼還是派人查了？但是官方似乎就是這樣，內部存在許多不為外人知的機密。

假如蕭家不在蠔鏡窗，那她還剩下什麼可以追？

月光照在路上，夜越暗，月光就越亮。這時大約是晚上七點左右，正是家家戶戶吃晚餐的時候。翠玉突然覺得很悵然，她一無所獲，卻要這麼回去了。她以為一度接近了香香，沒想到真相卻像斷了線一般，消失在她眼前。

翠玉握緊了手中的簪子。她身上也多多少少受了傷，但她只關心簪子上頭的血。

「話說回來，蕭家既然不在這裡，為什麼要這麼大費周章走這一段路？」

走在前面幾步的青年再度回頭，退到了翠玉身邊，似乎覺得對自己的說法，有解釋的義務。

「這應該是為了隱藏蕭家的真正位置。不知道蕭家是何方神聖，但是他們應該，十分不想被找到。因此才大費周章的繞遠路，確認甩掉其他人之後，才移動到蕭家真正的所在地點。蠔鏡窗的這一段，就是他們提供的幌子。」

「不知道蕭家是何方神聖——蕭家不就是蛇郎君嗎？」

「不，蕭家實際上不在蠔鏡窗的這件事。讓我認為，蕭家可能並非蛇郎君。蛇郎君只是蕭家的誘餌。」

翠玉其實已經相當疲憊了，她努力維持冷靜，但是這一刻，在她的心裡，似乎有一種情緒要衝破防線鑽出來。她不知道自己為什麼會這麼衝動，她與眼前的青年無冤無仇，她卻覺得允文冒犯了她。為什麼呢——？

「你這是說，香香沒有被吃嗎？」

翠玉說出口時，她才發現自己的聲音帶有喉音。她不應該這麼激動的，但是當允文說「蕭家不是蛇郎君」，簡直就像在說，蕭家並不危險。她對香香的擔憂，也彷彿一併被否定了。但是她沒有辦法啊，這麼深的憂心，豈是說否定就能簡單否定的？

「如果香香沒有被吃，你能解釋一下，為什麼會有這種東西嗎？」

翠玉拿出簪子，在允文面前攤開手掌。「這是我妹妹香香出嫁那天插著的簪子。」允文頓住了，他必然也注意到了簪子尾端的血跡。

「對不起，我並不是那個意思。抱歉讓你誤會了。可以借我看一下嗎？」

允文拿出手帕，用乾淨的白手帕接過簪子，湊近細看了一會，又用手指觸摸了簪子，抬起頭對著遠方看了幾秒鐘，才把它還給翠玉。

「你不用太擔心，令妹還好好活著。你還來得及找到她。你撿到簪子的地方，還有其他東西嗎？」

「……沒有了，就只有簪子。」

「附近有血跡嗎？」

翠玉搖搖頭。

「你冷靜聽我說，如果她被吃了，那地上可能會遺留下沾有血跡的衣服，附近的草叢跟泥沙也會遺留血跡或是毛髮、骨頭，或者會有激烈的掙扎痕跡。就算被清理得再乾淨，也可能會剩下一點。既然沒有跡象，那表示她並沒有被吃掉。會有血跡，可能只是起了什麼衝突。」

「怎麼會起衝突……」

「簪子原本在令妹頭上的話，可能是她拿起來使用的。我猜，令妹在這裡反抗過蕭家。她可能並不想要這樁婚事。」

允文平靜地說，翠玉卻無法像他那般置身事外。她回到了庄上，這一路上，她都在思考香香流下的血簪的意涵。

出嫁前，香香一度已經心死，為什麼會突然想要反抗蕭家？難道是她原本就打算要這麼做，所以出嫁前才那麼平靜？還是因為事情有變，和香香原本的預想不同，所以才會需要動用簪子？

如果是，她看到的是什麼？會不會現在她已經改變心意，不再像過去那樣自暴自棄，而等待著翠玉去救她？

不就是這樣，所以她才會一路布下線索嗎？這是香香給她的訊息，她要翠玉去找她——

但是這個想法，被突如其來的狀況所打斷了。

四

翠玉借了電話，被司機載回了家。母親怪她晚歸，問她去哪裡，翠玉含糊打混過去了。母親似乎也不真的在乎她的行蹤，只是笑翠玉：「你平常那麼在乎香香，香香回娘家，你又不知道跑哪裡去。」

「香香回來了？」翠玉懷疑自己是不是聽錯了。

母親才說，因為集體昏迷事件的騷動，蕭家更改了原本歸寧的時間。到了今天晚上，又突如其來的造訪。不過很快就走了。

翠玉難以相信。香香怎麼會回來得這麼突然？為什麼剛好選在她出門的這一天？

「見到了香香她尪婿喔！生得很緣投，是個翩翩美男子呢。和美麗的新娘子站在一起，看起來很速配。香香穿了一件高領旗袍，看起來也很歡喜。她現在應該也體會到，什麼是作為女人的幸福了吧？」

怎麼可能？香香留下了血簪，如果那是跟蕭家起衝突的證據，她怎麼可能看起來歡喜？是香香強顏歡笑，還是沈家人的幻想，讓他們覺得香香幸福？

「香香真的看起來很高興嗎？」

「她一直笑微微。雖然沒怎麼講話，都是她尪婿在說話。這樣也好嘛，做人妻子就應該這樣。」

翠玉不太耐煩。香香好不容易回來一趟，她卻沒有見到，她已經夠心煩的了，母親還總是夾帶一堆她對於香香婚姻的幻想。香香答應了這樁荒謬的婚事，怎麼可能幸福？母親不過是在自欺欺人。他們的思考已經受限了，覺得進入婚姻就必然得到幸福。就算香香真的有什麼異樣，他們也一定看不出來。因此再怎麼問，也問不出個所以然。

「他們回來就這樣嗎？」翠玉發現自己的不耐煩已經透出來了。

「他們帶很多禮物來喔，你看，是留聲機呢！很不錯吧，以後在家裡也可以聽歌了。聽說蕭家也有留聲機，真是太好了，香香當了少奶奶了。」母親似乎沉溺於姪女新婚的喜悅，並沒有發現翠玉的不悅。而每次只要對著優渥的生活，她就會露出小孩一般的笑容。那是無可取代的真心喜歡，但翠玉卻難以感同身受。

「……不要再說了。」翠玉緊緊捏著簪子，低聲說道。

「而且啊，蕭家少爺說，從他們位在龍崎庄的家，確實可以看見禿頭港的大宅呢。真好，香香比我們早一步回到了以前的好日子。你阿公阿嬤的在天之靈，知道了，也會欣慰的吧。」

「他們說謊……蕭家才不在龍崎庄。」翠玉努力不要讓自己顯得強硬，但也想讓母親感覺到這是實話。「我順著送親隊伍上去過了，那邊沒有人，沒有房子。我在地上發現了香香的簪子。你看看，簪子上這是什麼。」

母親湊近一看，又馬上彈開。「哎唷喂呀，你不要嚇我好不好？趕快把這觸霉頭的東西拿走。不要唱衰你妹妹。」

「聽說他們家很隱密，你找不到也是自然的。等人邀請我們去時，我們再去吧，不用那麼急。」

無論說了什麼，也只會被母親白圓其說吧。沈家人徹底沒救了，翠玉怨恨起居然還想告訴他們實情的自己。她走上樓梯，回頭看著母親，卻感覺到背後有一股強烈的視線，盯得她渾身不舒服。

她往背後一看，高處擺了一座神龕，神龕裡，是從沒見過的神像。

「這是什麼？」

「喔，那是蕭家帶來的。聽說他們就是拜這尊神明才發達的，希望我們也可以重振家族。你可以拜一下，讓你嫁到好尪婿。」

跟蕭家來的神明祈求好姻緣？簡直像是跟災厄之神祈求好運，這也太好笑了。

翠玉環抱著這個不敬的想法看向神像。不知為何，對著不祥的神像，她怎麼樣也笑不出來。

不過話說回來，蛇郎君會拜神明嗎……翠玉原本以為那尊神像，會長得更像蛇一點。但神像只是普通的人像而已。

＊

神明進駐之後，翠玉就開始睡不好，彷彿她也感染了香香的頭痛症。翠玉變得容易做夢。那些夢都大同小異，翠玉一醒來就忘記內容了，只記得她的感受相當不舒服。她隱約感覺到，她在夢裡被限制住了行動，有人影朝她走來，好像要抓住她，她用手一揮，那個人又消失了……接著，她就醒來了。她醒時覺得身體冰冷，那或許是夢裡帶出來的冷。

學校開學了，這個夢雖然令她困擾，翠玉並沒有太多時間去思考。翠玉拿著家中新買的寫真機，趁著沒人注意，偷拍了一張神像的照片。據說寫真會攝走靈魂——神像當然不會有靈魂，但翠玉在拍照時，也偷偷想，要是能攝走就好了。

如果像允文所講的一樣，「蛇郎君之說」只是個幌子的話，那麼這尊神像的真身是什麼，就是解開蕭家之謎的關鍵。這尊神像讓翠玉渾身不自在，但因為神像是親家帶來的，沈家視若珍寶，讓翠玉也沒辦法移走祂。只能看看能不能調查出什麼，好讓沈家人不再繼續事奉這尊神明。

翠玉拿了臺南州的地圖，把府城區分成幾個區域。既然沒有太多的時間思考，那就用身體力行來取代。她拿出在學校做作業的態度，先把區域分好之後，各區域分別花個一天時間，確認區內有哪些廟宇，用筆在地圖上標示出這些廟宇的位置。之後，再趁放學之後回到家的空檔，拿著照片去每一間廟宇詢問他們「認不認識照片中的這尊神像」。

翠玉判斷，這尊神像有可能是臺南某處廟宇祭祀的神像，就算不是，廟裡的人也有很高的機率會認識祂。根據翠玉的理解，神明大抵上就分成幾種，按照府城寺廟的密度，應該這幾種都具備了。就算蕭家神明不是府城的神明，府城也有可能有祭祀同樣神明的廟宇。例如說，假設蕭家神明是「關公」這種神明好了，那麼府城的關公廟，就可以指出蕭家神明是「關公」。若是蕭家的神明真的來源不明，或者可能原本是家祀的神明，至少認識祂的種類，仍有助於理解現在的狀況。

翠玉勤奮地一間一間廟跑，一一在地圖上，把去過的廟做上記號。面對翠玉手中的照片，廟裡的阿伯或阿姨大都搖搖頭，表示不認識這尊神像。熱心一點的廟宇，會詢問翠玉為什麼要找這尊神像。翠玉也都不隱瞞地告訴他們，希望他們能幫上忙。然而意外的，廟宇裡的人似乎總覺得這事晦氣，因此不太願意幫助翠玉。翠玉不斷碰壁，就這樣問了一間又一間後，都沒有神像的下落。沒有神像失蹤、沒有人認識這尊神像。翠玉喪氣的坐在路邊，她都想隨機詢問任何一個拿著花果、看起來要去拜拜的人了。

事情反而因此有了進展。一位提著菜籃的阿姨說，她看過這尊神像。並非是在廟宇中公開祭祀，而是私家祭祀。出於靈驗，曾經在某個婦女的圈子中流傳，她因此有機緣得見。由於神像的表情很特殊，她當時便留心注意。但約在一年前，私家神壇便收起來了。

翠玉向她詢問了神壇原本的所在地。對方給了指示以後，翠玉的腦袋隆隆作響，不敢相信自己聽到了什麼。那個地方，她很熟悉。

以防萬一，她又確認了一個細節。她希望只是她誤會了，但是答案並沒有因此改變。

*

翠玉再度來到這裡。她事先已經確定這裡不會有人。父母與舅舅舅媽又要出門，翠玉找到藉口留在家裡，再藉機偷溜出來。這個地方依然是她記憶中的樣子，一樣一旁就是甘蔗田，陽光把甘蔗的影子拉長。聞著熟悉的草香與土香，穿越長長的雜草，能看到熟悉的土角厝孤零零地佇立著。

看起來不像有人的樣子。雖然來過很多次，這個景象卻是翠玉第一次看到。

這裡是阿窗婆的住處。

阿窗婆和舅舅舅媽、父母一同出門了，按理阿窗婆家應該沒有人。即便如此，翠玉還是感到緊張。要是阿窗婆在家怎麼辦？要是阿窗婆中途回來怎麼辦？她有那個臉面，去說一些謊言來自圓其說嗎？她沒有那個信心。手心滲出些許汗水，不知道是因為夏天的炎熱，還是因為緊張。

除此之外，還有一點歉意。

說起來，阿窗婆算是對她有恩。作為沈家不被寵愛的女兒，阿窗婆那句「翠玉將來會做大事」，是她在被責罵時，心中僅有的火苗。她總覺得阿窗婆不像沈家人那般大小眼，過年來阿窗婆家時，她分到的糖果會和香香一樣多。

她真的不想懷疑阿窗婆……

翠玉喊了幾聲「阿窗婆」，果然沒有人回應。只有熟悉的蟬聲附和著她。阿窗婆家的門上了鎖，這在翠玉意料之內，幸好翠玉從小到大來過這裡許多次，她知道阿窗婆出門時，會把備用鑰匙放在哪。果然沒錯，翠玉拿到鑰匙，開了門。

她在找的地方只有一個。阿窗婆的小屋裡，應該有一個翠玉從沒去過的房間。翠玉去過客廳、灶腳，也知道從客廳看過去，有一扇半掩的門會通往阿窗婆的臥室。但是窄小的土角厝，應該還有一處，她從未去過的、介於灶腳和臥室之間的空間。翠玉鎖定臥室的那一面牆，翻開雜物和衣服，終於發現了一扇門，然而門上了鎖，這一扇她不知道要怎麼開。

就在翠玉一籌莫展時，她聽到大門的鎖被打開的聲音。怎麼會？難道阿窗婆提早回來了嗎？翠玉迅速躲到阿窗婆的紅眠床底下，同時盯著外面。但進來的人腳步穩定，並不像是行動緩慢的阿窗婆，那個人在屋內繞了一圈之後，來到阿窗婆的寢室。翠玉從這角度能看到他的下半身，是個男人，穿著西褲與皮鞋。阿窗婆家怎麼會有男性？按理阿窗婆除了翠玉家以外應該沒有任何親人了，難道是其他認識的人？

不，認識的人應該不會在人不在家時來訪，難道是小偷？

因為翠玉方才把擋住門的障礙移開，因此那個人很快就注意到了門。男人打開了門，走了進去。

翠玉陷入掙扎，她想要的東西就在眼前——如果她猜的沒有錯，現在在她家的那尊神明，原本就供奉在這裡。

那時提著菜籃的阿姨說，她見過這尊神明。這尊神明原本被供奉的地點，就在郊外一位阿婆家。那裡曾有一個神壇，供知情的少數信徒參拜，她們將神明當作靈驗的財神。

翠玉又問了她：「神壇負責人的手上，是不是有一個鐲子？」對方馬上想起來似的點點頭，說是一個看起來很華貴的金玉鐲。

阿窗婆家曾作為神壇一事，她完全不知道……舅舅和母親也無人提起。是他們刻意瞞著她，還是阿窗婆瞞著他們所有人？

如今阿窗婆家的神壇已經棄置不用，但是那個空間裡，應該留下了什麼蛛絲馬跡。翠玉禁不起誘惑，悄悄從床底下鑽出來，挑了一個男人不會注意到的死角，往內看。但她越看越覺得，男人的樣貌看起來很熟悉。

男人猝不及防轉身，翠玉來不及閃避，恰巧與他對上視線。翠玉沒想到，他怎麼會在這裡？

「花允文？」

「咦？」

允文露出驚訝的表情。那表情並沒有做偷雞摸狗事被發現的尷尬，倒像是訝異於翠玉怎麼會在這裡。翠玉也很意外，這個青年，這個去到哪裡都會遇到的、彷若命中注定陰魂不散的青年，為什麼又出現在這裡？

「你為什麼會在這裡？」

雖然翠玉直覺他可以信賴，但她漸漸開始覺得，這種信賴有些草率。或許她只是因為調查香香之事的人太少，渴望找到同伴。這種渴望可能會讓她信任錯誤的人。

「我接到消息，你們的鄰居說，你們家新祭祀了一尊神明。而那尊神像的來源不明。我調查著，就來查這裡了。我想應該沒有錯。神像原本的位置就是這裡。那你呢？」允文回答得光明正大。翠玉在心裡困惑，不就是闖空門嗎，這個人為什麼一點都不害臊？他甚至還反問翠玉。這可是她從小來到大的地方欸，翠玉皺起眉頭。允文見她不打算回答，倒也不在意。

「對了，這個，你看過這個了嗎？」允文指了指他面前的神壇，神壇上設置著神龕——而那個神龕，是空的。

翠玉拿出照片，確認過神龕的大小與樣式，恰巧與照片上一致。翠玉又在神壇邊發現了祭祀用的香、紙錢，香爐裡依然留有香灰，神龕後的牆壁上，也有被煙燻過的痕跡。如今的神桌上，已因為經久不用而積滿了灰塵，但這裡確實曾作為神壇。房間裡還有一扇對外的門，如今封起來了。當初信徒應該是從這裡進來的。

阿窗婆在這裡祭祀神明，祭祀了多久呢？

「真的是阿窗婆……」

「這戶人家跟你有關吧？是你們家什麼人？」允文聽出翠玉語氣帶有的熟悉感。

「是我家沒落以前的管家，我們叫她阿窗婆。」

翠玉的腦袋裡有好多想法打轉著，幾乎纏繞在一起。她不確定要先釐清神像的來源，還是花允文在這裡的這件事。她並不想要所有事都跟花允文討論，但又不得不承認，告訴他實情，應該會得到一些幫助。

「等等，所以神明不是從蕭家來的，而是從阿窗婆家來的？可是按照母親所說，神像確實是蕭家送來的。阿窗婆和蕭家有什麼關係？為什麼蕭家的人手上，會有阿窗婆家的神像？」

她試著整理自己的想法。與花允文從山上走下來的那一段，花允文的思考十分有條理，或許他可以幫忙釐清。

「也可能是反過來。蕭家把神像寄放在你阿窗婆家。蕭家和你們家的管家有關嗎？」

「婚事首先是阿窗婆來談的……」若扣除陰陽怪氣的寫真館老闆娘，據翠玉所知，原本就認識蕭家的，只有阿窗婆而已。

「那麼說，就是你阿窗婆促成這件婚事的。無論神像究竟是屬於誰的，她都經手過神像。那她與蕭家的關係，應該相當緊密。你覺得，她會不會都知情？」

允文說的話字字清晰，宛如敲在翠玉耳邊。

這是說，阿窗婆早就知道蕭家有鬼嗎？即使如此，她還是牽成了這樁婚事嗎？

怎麼可能，這可是那個從小守護著她們姊妹長大的阿窗婆啊。她餵過頭痛的香香喝符水、也替跌倒的翠玉收過驚，以及，幫她們算過命。從小到大，沈家就是這麼依賴著阿窗婆的守護，不是嗎？

也是阿窗婆說的，香香是振興沈家的關鍵。她那時早就做好準備了，要讓香香嫁入蕭家，來成全沈家的中興嗎？還是，她只是無心印證了自己所說的話？……

翠玉苦笑，覺得自己真是愚笨。明明答案就十分明顯，怎麼會沒有想到阿窗婆有嫌疑呢，是長久以來的信任，蒙蔽了她的雙眼嗎。

阿窗婆說過的話、以及她對翠玉的照顧，難道在翠玉心中，比她自己想的還重要嗎？

「如果是那樣，阿窗婆又是為了什麼……」雖然跡象都擺在眼前，但翠玉依然不能理解。「如果阿窗婆只是要我們家祭祀那尊神明，她只要找個理由，說服舅舅與母親就好。沈家在這方面這麼相信她，一定會聽的。為什麼要安排香香嫁出去後、再讓夫家送神像過來？」

允文手摸著下巴。「既然如此，那麼把神像送進你家，就只是這起婚姻的目的之一而已。或許她的構想還更大，只是我們現在還不知道。」允文撫著沾染灰塵的神桌。雖然親事似乎是發生於今年的事，但阿窗婆更早，就在進行盤算了吧？

為什麼要把神像送進沈家？阿窗婆的想法到底是什麼？

翠玉捏緊了洋裝的下襬。她甚至升起了一種衝動，要逼阿窗婆講出來。但她隨即對於自己這樣的想法感到害怕。她沒有能力逼阿窗婆說，她也不願意。或許她最想要的，就是阿窗婆告訴她，這一切都有原因，她是真的為香香好。現在一切都是幻象，香香還活得好好的。等一連串事情過去後，香香就會再度回到沈家，用她的才能，加上沈家收到的嫁妝，經營一份事業。這才是真正的「振興沈家」。屆時，翠玉便可以當她的助手，這或許就是她的「大事」……

那時，翠玉醒來，依然會看到堅毅又溫柔的香香，躺在她所熟悉的那張床上。但她越想越意識到，這是不可能的。

或許她可以跟蹤阿窗婆。

翠玉不是習慣做這類事的人。偷偷摸摸的事她最不擅長。然而為了香香，她願意嘗試。

翠玉在心裡做了決定。但是，阿窗婆畢竟是知曉天機的人，翠玉怕若要對上阿窗婆，她會沒有勝算。她看向眼前的允文，允文對翠玉突然拋來的目光，露出有些困惑的表情。

翠玉跟允文要了聯絡方式，允文拿出紙筆，寫好了交給翠玉。允文的字跡很工整，雖然用鋼筆寫，看起來卻優雅得宛如書法字。大概比香香的字跡還好看吧，更不知道比翠玉歪七扭八的字好看多少。

翠玉收好紙條，和允文道別。走沒幾步，允文又拍了拍她的肩膀。

「怎麼了？」

「沒事，保重。」允文沉靜地說。這似乎不是太重要的話，為此再叫住翠玉一次，讓翠玉感受到某種重量。她慎重地點了點頭。

五

翠玉回到家後，就被禁足了。沈家知道了她連日來在外訪查神像來源的事情。府城說小不小，但也不大，應該是有人認出了她來，把這件事告訴沈家。畢竟現在沈家富了，帶著善意告翠玉的狀，應該是不錯的攀親帶故方式。

母親向她下令：「此後你不必再去上學了。看來你對家裡意見很多，既然如此，也不必勉強留在家裡，不如早點嫁了。」

「什麼……？」翠玉沒想過會導致無法讀書的後果，一時反應不過來。「這是說，我從今以後都不用去讀書了嗎？我不用畢業嗎？」

「既然都要嫁人了，那當然是做媳婦的道理重要，又何必繼續讀書？」

這衝擊對翠玉而言太過巨大，在香香出嫁之後，學校雖然寂寥，但每日的課業仍讓她有踏實感。現在居然連這些都要剝奪。而且，還要她結婚？

「我不要結婚……」翠玉往後退，原本的猶豫轉為吶喊：「我不要結婚！」

就在翠玉打算逃跑時，她撞到了人。有人堵住了去路，翠玉抬頭一看，是身材壯碩的一名婦人。「她是阿春嫂，從今以後會負責教你做媳婦的道理。你這樣子真是太不像樣了，總不好嫁出去丟我們沈家的顏面。」

阿春嫂教她刺繡、做些簡單的下廚，翠玉極討厭阿春嫂。她總有滿口大道理，翠玉聽來完全胡說八道：她一再教導翠玉，說她未來要當太太的，不可再如此莽撞。必須打點好家裡的事情，好作為丈夫的後盾。婆媳關係也是重要的一環。說是「教」，翠玉很清楚，阿春嫂就是來監視的。

這完全限制了翠玉的自由。翠玉再也無法趁放學後在外閒晃，她成日完全困在家裡。她連大門都踏不出去，更別說跟蹤阿窗婆。翠玉在家，偶爾會遇上母親叫她去前門，跟完全沒見過的親戚打招呼。那些親戚會用打量的眼神看著她，看得翠玉渾身不舒服。她覺得自己像是掛在市場的肉，等著被買回去烹調。

翠玉焦慮極了，好不容易有了線索，她又被限制人身自由。老實說，婚姻這件事最令她害怕的，就是她即將永久地失去自由之身。這會害她永遠搞不清楚，香香身上究竟發生了什麼事。除此之外的婚姻害處，翠玉則沒有餘力去想像。她甚至不關心自己的丈夫會是誰。

她只能每日在家裡踱步，一籌莫展的時候，她就盯著神像。沈家狹長的空間裡，神像所在的地方，光恰巧透不進來。神像臉上有曖昧的笑容，與濃厚的陰影。不像是光自然越過了祂，反而像是祂主動拒絕了光。或許祂的性質，深沉到就連光也無法照亮吧。

許多神像的笑容會讓信眾感到備受庇佑，然而這尊神像並不。這尊神像絕非慈祥和藹的木像，神像臉上的輪廓，散發著一股讓人不寒而慄的氣息。若細看神像的眉眼，會發現似笑非笑的眉眼宛若盯著來者，無論翠玉怎麼移動視角，那雙眼睛都像會追著自己看。那眼神似乎帶著鄙視，宛如用神的角度，看著無能的人們。至於那微微揚起的嘴角，乍看帶有善意，細看又覺得是虛假的善意。

翠玉試圖在神像臉上尋找到一個令她安心的地方，但神像的每個細節，都像是乘載了神明的不祥——怎麼會有這種神像呢？

翠玉感覺得到，神像很危險。

神像有種懾人的力量，能把人的靈魂攝走。翠玉每多看祂一點，就更能夠意識到，祂宛如在誘惑著她。或許，神像是在引誘脆弱的人信仰祂吧。只要信仰了，人們便不必擔心自己的靈魂安危——既然已經腐敗了，那便無危險可言。

翠玉是絕對不會向神像祈禱的。她堅定了自己的心志，毫無畏懼的看向神像。她希望可以看透神像，可以從神像之中，看出一點阿窗婆的企圖，看出神像真正的用途，看穿這一切的陰謀。

因為只有這道線索，還存在於她的手搆得到的位置啊。

只有這道線索，離她這麼近，這麼直接的暴露在她眼前。

翠玉情不自禁地，把手伸向神像。

這麼做的同時，翠玉也意識到，自己的手彷彿不受她腦袋所控制——難道是受到神像所誘惑嗎？

翠玉感覺到腳步不穩，踉蹌了一步，像是跌了一跤，整個身體向前傾——

她隨即失去了意識。

回過神時，她跌坐在地上，眼前已經是全然不同的風景。

她坐在一片迷霧之中，四周茫茫無邊。沒有沈家的長廊，沒有窗外的市聲，沒有神像。只能依稀見到樹影。一片寧靜，只有問歇的鳥鳴。包圍她的霧氣帶有涼意，翠玉不禁打了個冷顫。

沒有人，沒有母親、沒有舅媽也沒有監視她的阿姨。景象怎麼突然變得完全不一樣了？翠玉試著叫喊，完全沒有人回應她，只聽到她的聲音空洞地回傳。

這裡是哪裡……？

她似乎身在一片樹林之中，迷霧籠罩了這整片樹林。她可見的風景，只有伸直手的距離以內而已。翠玉起身四處走動，迷霧中的樹逐次進入她視野之中，又隨著她的移動逐漸遠去。她沒有印象自己來過這樣的地方，為什麼她會來到這裡呢？她不是還在家中的神像前面，正打算觸碰神像嗎？

她想到神像進駐之後，她有時會做的夢。在夢中她被抓住的那個地方，不知道是哪裡，但感覺也不像是在自己家。

而且，那裡也一樣，讓人感到刺骨的涼意。

這是夢嗎？

但是以夢來說，又未免過於真實……她的手撫上樹幹，帶著濕氣的樹幹回以冰涼的觸感。連這種感覺，也是夢嗎？

翠玉對於這個空間感到陌生，周身不停發抖，還是沒有停止思考。
「原來你在這裡啊。」
在這個十分安靜，又十分陌生的空間裡，傳來翠玉熟悉的聲音。翠玉已經太習慣了這聲音了，連辨識的時間都不需耗費。她還來不及產生疑惑，就先認出了聲音。果然她望向來處，對方漸漸走出霧中，走進她的視線裡。她先看到了習慣的金玉鐲。
嬌小的阿窗婆站在那裡，身影看起來比翠玉記憶中更巨大。

*

「太好了，你來了，香香就有救了。」阿窗婆走近翠玉，嘆了一口氣。
「香香怎麼了？」阿窗婆這是什麼意思？她為什麼會在這裡？
「等等再跟你說。哎呀，你看看，這裡都濕了。很冷吧？」拍了拍翠玉的肩膀，依然像是親暱長輩的樣子。若是之前，翠玉應該會因為看見熟悉的阿窗婆而感到安心。但是翠玉已經去過阿窗婆的家，如今很難心平氣和的對待阿窗婆。

但是對此，阿窗婆並不知情。阿窗婆維持著原本對待翠玉的方式，這反而讓翠玉有些傷感。她努力不讓自己動搖。

「阿窗婆，你為什麼會在這裡？這裡是哪裡……」

「這裡是我們親家附近。走吧，我們去找親家，有事要拜託你。」阿窗婆說著，牽起了翠玉的手。翠玉一度想把手抽開，但是阿窗婆充滿皺摺的手傳遞著堅定的親切感，讓她想先安分地跟著阿窗婆。

「阿窗婆說的親家，指的是蕭家嗎？」翠玉有些遲疑地問。她找蕭家找了這麼久，為什麼突然可以見到對方了？

阿窗婆聞言笑出聲。「當然啊，傻孩子，除了蕭家以外，我們還有哪個親家呢。別慢吞吞的了，大人說要見你。」阿窗婆叫「大人」叫得很習慣，翠玉不禁懷疑她認識對方許久。阿窗婆意識到翠玉沒反應過來，才補了一句：「大人就是蕭家的少爺。」

蕭家的少爺——是說香香的丈夫？

翠玉跟著阿窗婆走，霧氣逐漸變淡。翠玉的心變得沉重。能見到蕭少爺的話，那能見到香香嗎？

翠玉心中湧起了熟悉的懷念。她已經花太多時間在找其他東西了，難道現在可以不費吹灰之力，就見到香香嗎？她難以相信。

阿窗婆停了下來，她的手還牽著翠玉。翠玉注意到阿窗婆的動作，也跟著停下。阿窗婆看著前方，她順著阿窗婆的方向看去，看見不遠方的霧中，有一個朦朧的人影。

「大人。」

蕭少爺並未走近，因此翠玉依然看不清楚他的樣子。只能看到他下身穿著黑色長袍，身形高挑，隔著霧氣也能感受到他的威嚴。

那就是香香的丈夫嗎？

「叫大人。」阿窗婆對翠玉說，語氣親切得像是哄她。但翠玉並不打算這麼做。這就是香香痛苦的根源，憑什麼得到她的尊敬？

「香香在哪裡？」翠玉對著那個人影說。阿窗婆發現翠玉不聽她的話，捏了一下翠玉的手。翠玉並不在乎。

人影發出輕笑。「你果然很關心你妹妹啊。正好，這樣正好。」

他的聲音，是宛如暴雨前悶哼的雷聲那般，並不外放但又蘊含力量的聲音。一開口便能讓人意識到，此人絕非凡人。翠玉即便不甘心，也必須承認，這人不好對付。

「有件事要麻煩你，」他的聲音依然帶著笑意，下一句話，他斂起了笑。「我要你找到梅香。」

「什麼？」翠玉不解。「這是什麼意思？香香不在這裡？」翠玉想朝蕭少爺所站立的位置往前踏一步，被阿窗婆拉住。

「她暫時失蹤了。你們從小一起長大，你是最懂她的人，我要你幫忙找到她。」

翠玉對這名蕭少爺越來越不屑，居然刻意說「你最懂她」，簡直是要討好她。她才沒有軟弱到這麼容易上當呢。況且，蕭少爺為什麼使用命令的語氣？雖然翠玉不想認這個親家，但算起來，蕭少爺算是她妹婿。妹婿不該這麼使喚她呀。

「我為什麼要幫你？你把她從我們家帶走，不是就應該好好照顧她嗎？怎麼會讓她失蹤？你這樣——算什麼丈夫啊。」翠玉口氣很差，故意激他。阿窗婆又把她的手拉得更緊：「翠玉，不要跟大人頂嘴。」

蕭少爺靠近翠玉，他比翠玉高不少，翠玉必須抬起頭看著他。看清楚的那一刻，她從背脊感到一陣涼意。並非因為蕭少爺長得嚇人，相反的，他十分年輕俊美，五官細緻，宛如巧奪天工的木雕，但是同時，他臉上似笑非笑的表情，令人想到那尊不祥的神像。只是比起神像，蕭少爺的面容，彷彿更直接的具有奪人魂魄的力量。不知道是因為那份異於常人的俊美，或是因為那張俊美面龐底下所隱藏的力量。正是因為意識到威脅，翠玉壓住心中脆弱的部分，不服輸地直視著他。

「這是我們家的事。不是你該過問的。」蕭少爺說，雖然臉上有笑容，語氣裡卻不帶笑。

翠玉也不高興。才結婚沒多久，怎麼香香就變他們家的人了？

更何況，那場婚姻——她還不準備接受呢。

翠玉想到香香留下的染血簪子。就是這個人，造成了那個局面吧。

「你對香香做了什麼？你是不是拿簪子刺傷了她？」

蕭少爺聞言有些訝異，他端詳著翠玉。「喔，你是說那件事啊。不，那是她自己刺的。那時發生了一點小誤會。現在已經解決了。」

香香刺傷自己——？

「就算是那樣，那也是你害的吧。」蕭少爺知道那起衝突，看來確實跟他有關。「害香香受傷的人，你以為我會相信你嗎？我甚至連你的身分是什麼都不知道。你不是人吧。」

「翠玉！」阿窗婆喝斥翠玉，雖然看起來像是長輩要求晚輩保持禮貌，但翠玉覺得，阿窗婆實際上就是站在蕭少爺那邊的。現在不過是在做做樣子給她看而已。

「真傷人。你不是已經知道了嗎？我是蛇郎君，就和傳言所說的一樣。」

翠玉想到允文的推測，原想打斷他，但被蕭少爺先聲奪人：「不過現在討論我的身分於事無補。梅香有危險，不只我擔心她，你也想找到她吧？」

翠玉感覺自己被看透。她確實是，她想見到香香，渴望得不得了。但是她要先藏起來。

「香香怎麼會失蹤，你對她做了什麼？」

「是她自願的。」蕭少爺居高臨下看著翠玉。他似乎不太想清楚說明發生了什麼。

「總之，她的形體改變了。梅香找到了方法，改變了她的樣貌，讓我找不到她。這點我不得不稱讚她，果然是我聰慧的妻子。」蕭少爺停頓了一下，似乎細細品味著香香的舉止。看起來並不傷心。他大概有信心能找到香香吧。

「什麼？為什麼會改變形體——」翠玉難以想像，這是說，一棵樹或一朵花的可能會是香香嗎？這到底是怎麼回事啊。

「因為這裡不是一般的空間。不是你平常上學或回家的那個地方，不是人間——所以有些事，可能跟你原本知道的不太一樣。你剛剛不是沒經過任何路途，就從家裡來到這裡嗎？就是這麼一回事。」

翠玉皺起眉，依然不能理解。

「可惜了，我的妻子雖然聰慧，她的聰慧並不夠用。她不知道，要是她改變形體太久，她就會忘記，她原本是一個人。她會再也無法變回原樣。她會喪失心神，變成沒有魂魄的軀殼。這個過程，一般來說只要十二時辰，如今只剩下三個時辰了。」

三個時辰？這相當於六小時，再過六小時，香香就要魂飛魄散？翠玉難以置信，但又更難選擇不相信。不相信的風險太高了。

「必須盡快把她帶回來。我這個做丈夫的，現在可是非常操心啊。我深愛梅香，她既美麗又賢慧，還非常有骨氣，宛若凜然綻放的高嶺之花。我捨不得失去她。你也希望梅香平安無事吧？要是她出了什麼意外，你捨得嗎？」

蕭少爺皺著眉說。翠玉恨死他了。

這是勒索——翠玉腦中盤旋著這個念頭。蕭少爺用香香的安危來勒索翠玉。老實說，翠玉什麼都不知道，她只憑著直覺，猜測蕭少爺這種超凡之輩居然跑來命令她，應該是真的有求於她。換言之，「香香失蹤了」這件事，很可能是真的。

該不會就是因為要她找香香，所以蕭少爺藉由神像，把翠玉拉進來這個……「不是人間」的地方？

「就是因為這樣，才把我從沈家拉過來嗎？」

「可以說是，也可以說不是。」蕭少爺回答得很曖昧。

「好。我暫且相信你說的話，我可以找香香。但是，我希望我找到香香之後，香香必須回我家住一個禮拜。」

「這跟梅香的性命相比不算什麼，我答應。」

蕭少爺接受了。他接受的爽快程度，讓翠玉懷疑，要不是他真的太想找到香香，要不就是，他根本沒打算要信守承諾。翠玉雖然感到不安，但也沒有逼迫蕭少爺履行承諾的方式，只能暫且相信他。就算她打從一開始就非常討厭這個人。

「我勸你最好不要動什麼歪腦筋。這裡是我的地盤。你光是能完整地站在這裡，都要感謝我。你要是有什麼不軌的舉動，例如想私自帶你妹妹逃出去，我勸你最好現在就放棄。你絕對會後悔的。」雖然蕭少爺說的話十分狂妄，但翠玉對於這個地方一無所知，蕭少爺說得如此肯定，像是他真的有辦法。

蕭少爺端詳著翠玉，似乎覺得她還沒完全信服。

「你也不希望前功盡棄吧？」

蕭少爺斂起笑容，比笑時看上去更為刺眼。一時，翠玉以為看到了黑暗中的神像，也收起笑，從上往下看著她。似乎有什麼龐然而不可測的力量，在這一瞬間閃現了一下。

翠玉心中一寒，前功盡棄是什麼意思？

*

蕭少爺給了翠玉一炷線香，讓翠玉方便計時。線香燒完之時，便是時間用盡之時。翠玉看著殘弱的香，感到心如刀割。她厭惡蕭少爺，也不認為蕭少爺說的是真話，也不相信他的自稱——他說自己是蛇郎君。唯有香香安危，她無法因此不在意。

可是，要在草跟樹身上尋找香香，實在是太荒謬了。

阿窗婆離開前說，「我這種老人家，就不跟著你了，怕拖你後腿。」她拍拍翠玉的肩膀。阿婆做這些熟悉的動作時，總讓翠玉感到不安。如果阿窗婆還是以前的阿窗婆，為什麼會跟蕭少爺這種傷害香香的人站在一起？為什麼不告訴她真相？

「你應該知道，蕭少爺是認真的。」阿窗婆說，低沉得不像是她平常的聲音，但是，卻讓人感覺到真實。——翠玉意識到，這不是為了翠玉著想，所以好心提醒她。而是，阿窗婆要確保，蕭少爺的警告傳達到了。她甚至並不真正關心香香的下落。

阿窗婆是站在蕭少爺那邊的。

翠玉孤身一人在樹林之中。她環顧四周，茫茫霧氣中有樹影，腳上踩著泥土，樹下青草漫生，遠方傳來鳥叫聲。「香香已經改變形體」——這是說，任何事物都可能是香香嗎？她要怎麼認？

翠玉在霧中走著，身體越來越冷。她把蕭少爺的地盤走了一圈。準確來說，並非一圈。翠玉先試著筆直朝前方直走，走了一段後，她看到了左手邊出現了一座四合院。翠玉再往前走，走了一段路後，又看到左手邊出現了一座四合院。跟剛剛看到的那座一模一樣。

這個地方是怎麼回事？

翠玉走的這段路途中，都是同樣的風景，舉目所見只有霧氣跟樹。頂多還有腳上所踩的泥濘，與泥濘中生長的雜草。除此之外，就是那座重複出現的四合院。近看那座四合院，門口張燈結彩，囍字高掛，能看出辦過親事的痕跡。

在那晚的送親中，香香最後來到這裡了嗎？在蕭少爺所說的「誤會」發生，血簪掉落在地上之後，受傷的香香就來到這個地方了嗎？

翠玉感覺到胸口一緊，彷彿有誰緊捏著她的心。雖然四合院裡必然物事眾多，是藏身的絕佳地點，但翠玉憑直覺想，要是香香還是她認識的香香，無論是化成灰或燒成煙，香香都不會選擇那座四合院躲藏。香香絕對不會想死在那裡。

翠玉還注意到一件事。

按理來說，充滿濕氣的樹林中，應該要有不少昆蟲或青蛙之類的動物，翠玉卻連一隻都沒看到。只是偶爾會聽到彷彿鳥叫聲的聲音，但也看不見任何一隻鳥的影子。

翠玉試著朝右方走。除了四合院以外，右方樹林間有幾處大石。翠玉記住那幾顆大石的形狀，與他們排列的次序。她往大石所在地的更深處走，走了一段，又回到了大石附近。排列形狀與她先前所見相同。

往左方走則是池塘，翠玉踩了一下池塘的水，非常淺，池塘上漂浮著浮萍。翠玉誕生荒謬的念頭，香香應該不至於變成浮萍吧？沿著池塘往左走，一樣會在走了一段之後回到原地。

翠玉往後走，遇到了一口井。翠玉打開井蓋，探頭往井中看，丟了一顆小石頭進井裡。井底傳來清楚的回聲，而非水聲，似乎是一口乾涸的井。

四個方向都是如此，無論往哪個方向走，除了宅院、大石、池塘、井以外，每個地方的景色都一樣。都是瀰漫霧氣的樹林。翠玉明明走的是直線，卻像在繞圈。這種奇異的感覺，更讓翠玉感覺到，蕭少爺說的可能是真的。這裡確實不是一般的空間。

翠玉行走途中，不斷呼喊香香的名字。線香只剩半炷了，依然沒有任何回應。翠玉的手心滲出了汗，心臟怦怦狂跳，她既寒冷又燥熱，她很怕手心一滑，會失去手中的線香。她禁不起任何失去，她已經找了香香這麼久，這一回，終於是最接近香香的一次。為什麼當她終於和香香抵達同一個地方了，香香卻毫無回應，就像躲著她一樣？

浸潤霧氣的樹也沒有任何回應，只是答以沉默。翠玉感覺到她的體溫，比半炷香前冷了許多。或許剛剛阿窗婆和蕭少爺在時，還能帶來一些人的氣味與體溫，讓她不會感覺這麼冷吧。

翠玉再次鼓起嗓門呼喚，冰冷的空氣趁著這時進入了她的體內。她因為奔走而有些喘，每吸一口氣，她的身子就更冰冷一些。

翠玉又一口呼出體內的熱氣。不，已經不是熱氣了。隨著她的體溫下降，她所吐出的熱氣也跟著降溫。翠玉把手靠近嘴前，透過這樣的方式，讓自己溫暖一些。她又不知道繞了這個地方幾圈，她這次計算了步數，幾乎每一邊，都大約是三百步左右。她有時會因為太專心計算而滑倒。地上的泥土也很冰涼，這個地方幾乎沒有什麼東西是暖的。除了阿窗婆牽著她的手。

還有香灰。線香多燃燒一截，便會有一截香灰滴落在她手上。香灰十分燙手，改用另一個角度拿香，便可以避免沾染香灰。但翠玉並不抗拒，她把燙人的香灰視為提醒。香灰帶來的痛，正好提醒她時間正在流逝，提醒她要保持清醒……眼前都是相似的迷霧，她若不讓自己保持清醒，很可能會迷失。或許因為待在霧中太久，她已經不覺得迷霧冰涼，反而覺得迷霧親切了起來，好想一頭栽進去。

不知道在找到香香之前，她會不會先無法抵抗這份寒冷呢……

翠玉的腳十分疲軟，往前踏出一步，都變得比先前更艱難。抬腳時，腳已不太聽她的使喚。翠玉呼喚香香的聲音也變得沙啞，她口乾舌燥，雖然濕氣會灌進身子，但是濕氣並不足以潤濕她的嗓門。她開始覺得喉嚨有些痛了。不知道何時，她會喚不出口？……至少在那之前，香香會聽到嗎？

她都已經找了這麼久，如果香香聽得到，她卻沒有現身，是不願意見她嗎？或是，她會聽得到聲音，但認不出是翠玉？又或者，她根本連聽覺都失去了……

無論是哪一個結果，都令翠玉感到害怕。就算真的把香香找回來了，要是帶回來的只是一具空殼，那要怎麼辦……翠玉也同時感受自己的自私，說到底，她心中的「不想失去香香」，指的其實是「不想失去熟悉的那個香香」。

那麼香香自己呢？

香香自己，想失去她自身嗎——翠玉突然意識到，她沒有從香香的角度想過。

若是翠玉，她害怕任何形式的死亡，也害怕變得「不是自己」。但若是香香，她可能會有其他想法。如果變身能比原貌活得更好，香香會不惜捨棄原本的身軀吧？如果死亡比活著更好，她也會選擇以死亡來換取解脫。或許簪子上頭的血，就是這麼來的。只是香香曾經自殺失敗了，因此她才必須使用其他方式掙脫。

香香是下定決心要躲藏的。

不是因為蕭少爺所說的，香香的聰慧有限，所以不知道這麼做，可能會失去人類之身——而是因為，香香的決心太過強烈，就算賭上性命，她都不想被綁在一段她不甘願的婚姻之中。翠玉會想起香香出嫁前的沉默，像是換了一個人一般的平靜與絕望，看起來像是捨棄了活著的意志，只剩下空殼。或許對香香來說，她本來就只剩軀殼了。比起靈魂被束縛而痛苦，直接讓靈魂消失、直接選擇遺忘，還比較輕鬆。

如果這是香香的願望，那真的要找到她嗎？

翠玉捏緊了線香。她不禁懷疑起自己。雖然說她確實想找到香香，但不得不承認，她確實在實踐著蕭少爺的意旨。就算翠玉真的找得到香香，真的把香香喚回人形，香香會不會恨她？會不會覺得，是翠玉自私地希望香香留在這世上，所以才強迫她繼續忍受痛苦的婚姻？這麼做，真的對香香好嗎？

翠玉沒有答案。

她不知道香香遭遇了什麼，也因此無法評斷，這樣的苦痛是不是香香應該忍受的。但就算她知道了又如何，知道發生什麼，就代表她能理解香香的痛苦嗎？就代表她能決定，香香應不應該忍受嗎？這樣，豈不是太過僭越？

翠玉被這些問題折磨著。還找不到香香的蹤影，她就已經思考著放棄。按照蕭少爺那個脾性，她大概會被懲罰吧。但若是這樣能換得香香的自由，那也無所謂……

翠玉環顧四周，都是高聳的樹。她已經知道這個地方有其極限，無論往哪個方向走，都會走回原地。蕭少爺說這是他的地盤，那麼無論翠玉在哪，恐怕都難以逃出蕭少爺的掌控。畢竟這地方就這麼大。她會有地方躲藏嗎？

但是，從剛剛到現在，她就一直聽到間歇的、微弱的鳥叫聲，卻未曾看到鳥。蕭少爺的地盤裡，或許還有一個方向，是她尚未探索過的。

她抬頭往上看。

樹林往上延伸，伸進濃霧，消失在視野的盡頭。

*

翠玉感謝那聲鳥鳴——不知道鳴叫的是一隻鳥，或者是一群鳥。無論如何，鳥鳴提供了她靈感，讓她發現上方還有空間可以躲藏。她把香插在後方，挽起裙子，爬上樹幹。她已經走到筋疲力盡了，但是發現了新目標，讓翠玉願意再撐一下。

一開始非常不方便，她的裙子被粗糙的樹皮勾壞，翠玉有點心疼，但這也不是第一次了。她走過深夜的山路，也在日夜交替時刻到過蠔鏡窗，她已經不是過去的她了。也因為這些經驗，翠玉說服自己，她可以克服樹皮磨破皮膚的疼痛。

翠玉不常爬樹，只有小時候到阿窗婆家時，趁著大人忙碌玩過幾回。如今重溫，她比想像中更加快上手。

翠玉告訴自己，這並非逃跑，她只是在探索可能的躲藏地點。翠玉不停往上爬，中間有些粗壯樹枝，可以讓她稍作休息。而樹與樹之間，有時樹枝像是搭起橋梁。讓翠玉可以沿著一棵樹，走到另一棵比較方便攀爬的樹。翠玉很小心翼翼，努力維持著自己的平衡。

不得不承認，這些樹真的很高，或許和新蓋的百貨公司差不多高吧。

它們不只是高而已，它還有一點很奇怪。按理，爬一般的樹，到了上方會更容易滑落，彷彿地上有一股力量把自己往下拉。但是這裡的樹卻非如此。高處的感覺並沒有太大的差異。

差別主要是，上方的霧氣趨淡，鳥聲變得清晰。翠玉這才聽仔細，這並非一般鳥類的聲音，而是猛禽的聲音。猛禽的聲音十分有力量，威力隨著聲音清晰而增加，一時銳利得彷彿近在耳邊。

——怎麼會這麼近。

翠玉才剛意識到不對勁，接著，她就被攻擊了。她看不清楚猛禽的樣子，只感覺到猛禽擦撞過她身邊。翠玉被撞得險些掉下去。她趕緊找了根樹枝站穩，攙扶著樹幹，這才終於看清楚攻擊她的生物。

那是一隻鷹。翠玉凝視著牠時，牠也停下來看著翠玉。老鷹的目光炯炯，毛色鮮亮，胸前有散亂的毛，姿態有種不屈的傲氣。這隻鷹彷彿似曾相識。

翠玉感到悲從中來。

——就算不記得我了，她還記得我說過的話。

那是香香。

雖然對於變形感到不可思議，一旦看到實物，翠玉一瞬間就認出來了。老鷹看起來不認得翠玉，對她也沒有任何特殊的情感。甚至還攻擊了她。但是這隻老鷹是香香，不會錯的。

因為，翠玉說過寫真館有老鷹啊。

翠玉曾經細細和香香描述過老鷹的雄姿。老鷹的眼神，老鷹的姿態，老鷹的翅膀和羽毛的光澤。翠玉曾提到，鷹的頭上有散亂的毛，胸前有斑駁的花色。翠玉那時不知道該怎麼精確描述花紋，就說：「胸前的毛長成一個米字。」實際上寫真館的老鷹胸前花紋當然不是米字，但是眼前這隻，胸前卻是一個整整齊齊的「米」字。翠玉描述的老鷹不存在於世界上，卻存在於香香心中。如今，香香以意志創造了牠。

——「既然是老鷹，為什麼要被人豢養呢？」

這是香香那時所說過的話。

翠玉的心疼痛極了，彷彿被撕裂成碎片。為什麼是老鷹呢？她大可選擇其他形態，其他更超然的、不會讓香香想起困境的形態……這表示香香依然想掙脫、依然想對抗。老鷹的模樣，寄託了香香對於自由的渴望。這就是為什麼在千萬種形態中，她終究選擇了能飛行的老鷹，這回，她能夠掙脫豢養。

當老鷹，也總比當人好。這就是香香的回答。

但是不可以啊。翠玉不想要，香香在最後，懷抱的是這樣的心情……

翠玉意識到，自己原本打算順從香香的想法，並不是最好的。

就算喚回香香，是對香香的殘忍舉動也好。在這一刻，翠玉強烈想著，她不願意放香香以這個徒勞的對抗形態走向結局。就算只是短暫的喚回她，她也想在香香冰冷絕望的心中，留下一點光亮。

翠玉摸了摸身後的線香，時間不多了。

「我會把你帶回去。」

翠玉對著老鷹說。她要給香香一個更好的結局。

不，不只是結局，而是更好的未來。

*

翠玉緩緩引誘老鷹，她張開手，沿著樹枝緩緩走近。老鷹似乎動搖了，戒備減了幾分。翠玉又走得更近，老鷹依然沒有後退。翠玉輕聲呼喚香香，用柔和的聲音來傳遞和緩的態度。老鷹只是轉著眼珠子，停在原地，看起來似乎接收到了翠玉傳遞的訊息。

翠玉與老鷹的距離越縮越短，在幾乎伸手可及的時刻，翠玉腳下的樹枝發出了聲音。這一聲響驚嚇到了老鷹，牠突如其來飛撞了翠玉。

翠玉站在樹枝上，無法保持平衡，整個人筆直的往下落。

翠玉在落下的過程中思緒亂飄，腦中閃過奇怪的念頭：「原來飛翔的感覺，就是這樣啊。」

至少在這一刻，她也能體會到香香的感覺了。

方才的攀爬有多高，如今的落下就有多長。從這個高度摔下，必定會摔得粉身碎骨吧。

或許她會死。不知道香香會怎麼想她的死呢？但是她也看不到了……

翠玉已經有了死的覺悟，卻發現死亡並未撲來。她的背後傳來冰涼濕黏的觸感，是泥土地吧，卻未讓翠玉感到迸發開的痛楚。她的頭也是，雖然碰到了東西，並未產生衝擊。她的頭下似乎墊了塊東西，那東西吸收了力量，讓她不致受傷。

發生了什麼事？

翠玉掙扎著起身，她這才注意到，變回人形的香香躺在她身邊。她的手正好放在翠玉身下，護住了翠玉的頭。

香香救了她……？

香香變回人形了，她的樣子看上去卻令人憂心。香香穿的依然是出嫁那天的純白色洋服，身上沾了點血。以及如今沾了點泥土。香香的模樣，彷彿記錄了她這段時間中遭遇的苦難。她的身子緊繃著，閉著眼，額間滲出汗珠，嘴唇輕輕動著，看起來像是發著高燒。翠玉趕緊背起香香，香香的體重意外的輕。

「香……丟掉……」

翠玉原本想回說：「我怎麼可能丟下你！」這才想到，她說的是蕭少爺給的線香！翠玉低頭一看，香腳正好落在她腳下。翠玉趕緊撿起香腳，大力朝遠方丟。

香香為什麼要她丟掉線香？——該不會是因為，線香是蕭少爺給的？除了計時以外，線香可能還有其他用處？

丟了線香，翠玉同時往反方向奔跑。

「井……」

香香越來越脆弱，如今連講一個字都很吃力。翠玉邊跑邊思考，才終於聽明白，香香指的是那口枯井。翠玉空間感不差，她記得井的方向。以這裡奇特的空間感，只要記得方向便會抵達。跑著跑著，果然如她所記，那口枯井出現在眼前。

但是，蕭少爺也追了上來。

丟了線香還是沒有用嗎……

蕭少爺移動的速度很快，而且腳並未落在地上，宛若漂浮。一般人跑步會是這樣嗎？翠玉無暇多想，她用盡全力加速奔跑，蕭少爺仍在接近中。翠玉被嚇得分了神，一時沒能注意眼前。她踩到一處泥濘，和香香雙雙跌落在地。

兩人毫無防備的暴露於蕭少爺面前。蕭少爺緩緩接近他們，低下身靠近香香。眼看香香就要被他帶走，翠玉當機立斷，踢了一下旁邊的井蓋，隨即往蕭少爺的方向衝。

「快走！別管我！」

翠玉單手握拳，揮向蕭少爺。蕭少爺輕鬆地避開了，瞬間就出現在翠玉背後，擒住了她。翠玉這才意識到，蕭少爺所說「這裡是他的地盤」可能是什麼意思。他在這裡簡直萬能。

這樣她們有什麼勝算？

蕭少爺單手抓著翠玉的脖子，下手很重，翠玉覺得自己脖子要斷了。

「我不是說過，要是你敢逃跑……」

翠玉用手腳踢打蕭少爺，他都無動於衷。蕭少爺並不在乎翠玉，抓住她後，便將翠玉往旁邊一甩。翠玉用手緊握蕭少爺，才沒被甩出去。既然她要留下來拖延時間，她就要拖延到底。蕭少爺被惹怒了，手掐得更緊，似是決心要把翠玉掐死。

這時，蕭少爺身上有一股黑氣，伴隨著怒氣，爆炸性的宣洩了出來。這股黑氣包圍著翠玉，在四周擴散，並擴往更遠的地方。黑氣源源不絕自蕭少爺體內湧出，這些散逸而出的黑氣，怕只是蕭少爺力量的皮毛而已。他還在蓄力。然而光是眼前的黑氣，已經讓翠玉害怕到要窒息的程度。——她以往都是靠著香香撐了過來，也努力保持勇敢。但是這次，她的心已經抵禦不住了。和如今的威脅相比，過去所受的傷害都不算什麼。
不可能逃的。這次會死。
翠玉的喉嚨疼痛難耐，全身上下都宛若針刺，視野逐漸模糊。
她用剩餘的視線看到，剛剛踢鬆開的井蓋，香香正用剩餘的力氣推它。這就對了，快逃吧。
如果這是她此生最後的景象，她也不後悔。
就在翠玉什麼都快看不到時，她隱約看見，從井裡鑽出了什麼龐然大物。在她眼中是一道刺眼的光束，光束劃開黑氣，升空之後，在空中散開。她眼前頓時充滿霧茫茫的強光，世界一片雪白。
翠玉落到地上，蕭少爺鬆開了她。她努力睜開眼睛，想看清發生了什麼事，但被強光灼刺的視力尚未恢復，翠玉只隱隱約約看到有個人影，牽制住了蕭少爺。
「快跳進井裡。」
翠玉眼中的色塊，只剩下白與黑。他似乎注意到了翠玉的視線，因此才對翠玉這麼說。這個聲音翠玉很熟悉，但是她這時腦袋發脹，想不起來是誰。只覺得聲音很令人安心，大概是她覺得可以信賴的人吧。她沒有餘力思考了，只能相信這份直覺。

翠玉利用好不容易出現的空檔起身，背起香香靠近井邊。她記得這是一座枯井，掉下去恐怕會粉身碎骨吧。但是翠玉沒有時間遲疑，既然可信賴之人說的是「跳進井裡」，那麼就算粉身碎骨，她也只好先嘗試了。她背著香香往下，原以為會不斷下墜，她卻感覺到，自己被冰涼滑順的水流包覆。井中不知何時已經注滿了水。

翠玉在清澈的水中下沉，上方的天空，再度出現了白光。這回她看得清楚一些了，那束白光彎成曲線搖動著，宛若強悍、展現大地生命力的某種生物……那是什麼生物呢，翠玉的思緒已經破碎了。

畢竟，光怎麼可能會彎曲……這是翠玉失去意識前，最後的念頭。

六

翠玉驚醒，馬上從床上坐了起來。

「香香呢？」

她身下是柔軟的床與枕頭，棉被也十分鬆軟，令人感到舒服。陽光穿過窗簾照射在地板上，房間裡布滿西洋風味的木櫃與燈具，雕花茶几上放著鮮花。後方有書櫃，書櫃中放的並非洋書，而是漢文古籍。精緻的擺設與高雅的品味，讓人聯想到和洋人貿易的茶行，或是洋派日籍貴族的家。

洋室裡沒有其他人。她下床，腳下地毯的短毛輕輕搔著她的赤腳。翠玉身體沉沉的，只能緩步前進，頸脖處尤其疼痛。她好不容易走到門口，才剛要推門，就發現門自另外一個方向被推開。門後出現的人，是花允文。

「咦……？」

這是翠玉第四次見到花允文了，她追到哪裡，這個人也會跑到哪裡。為何總是這麼巧合？

「沒想到你這麼快醒。」

花允文一開口，翠玉這才想起來，這就是她跳井前聽到的聲音。

「是你救了我們……？」

翠玉回想起那一道白光，若說那是允文做的，確實可能。面對顯然超乎凡人之上的蕭少爺，像允文這樣的術士，才有機會與之抗衡。

允文點了點頭。果然是他。

允文和她之前所見到的相比，身上多了一些傷口。他清秀的面龐上，殘留著幾道刮痕。他的其中一隻手，則以繃帶包紮起來。難得敞開的領口下，也有包紮痕跡。翠玉推測褲管下或許也有傷口。允文全身都受了傷，應該是經歷了一場激戰。

但是以經歷激戰的人而言，他也太平靜了。

「你傷得很重……？」

「這點小傷沒關係。」要是翠玉，傷成這樣，她肯定只能躺在床上喊痛了。不，應該多數人都只能躺在床上。允文卻無動於衷。這個人難道是對痛很遲鈍嗎？

「你在找你妹妹吧？她在隔壁房間。她狀況不太好，為了怕打擾她，我把你們隔開了。」

翠玉才想到，幸好香香不在身邊，不然自己剛剛起身的大喊，一定會打擾到她。

「我可以去看一下她嗎？」翠玉壓低聲音問。

「在門外的話可以。」

允文牽著腳步不穩的翠玉來到走廊，輕輕推開一扇門。從門縫中，可以看見香香躺在床上，閉著眼，表情很安詳。翠玉看到香香這樣子，便放心了。

這麼長時間以來，她終於第一次，不用害怕失去香香。

她在蕭少爺地盤裡的努力，得到了回報。

回到房間後，兩人在雕花茶几邊坐下，允文沖了一壺茶過來。這裡看起來是允文的家，翠玉原本以為術士的家應該是傳統的宅院，這棟洋房和允文的術士身分不搭，卻與他的西服青年的外貌相符。允文看起來，宛若繼承洋房的年輕貴族。如今，這棟洋房又用來收留她們倆。

「謝謝你。」

如果沒有允文幫忙擋下蕭少爺，她們可能依然無法逃出來。正是因為幫了她們，所以允文才會滿身是傷吧。翠玉心裡有些愧疚，他值得更多的感謝，翠玉卻不知道要怎麼表達。

「不好意思害你受傷了。」翠玉不知道怎麼道謝，只好道歉。

「沒事，是我自願的。」允文的語氣平靜，並不覺得翠玉需要道歉。翠玉不禁困惑，這是在逞強嗎？還是他真的這麼有責任感？

「那蕭少爺人呢？他不會追過來嗎？」翠玉想起她跳井之前，蕭少爺緊捉不放的樣子。

「他不會發現這裡的。」允文望著外頭，語氣十分肯定。「雖然他讓我受了不少傷，但是我也重創了他。他暫時無法找到這裡來。你不用擔心，可以先在這裡等你妹妹恢復。再做打算。」

允文家有足夠的空間容納她們。翠玉跟香香如今不能回沈家，需要一個暫時安頓的地方，排除掉「和陌生男子同住」這項不利因素，允文家確實是個選項。而且，她們也沒有其他地方可去了，翠玉接受了允文的好意。

「我想問個問題。」翠玉醒來後整理了一下思緒，一直有個疑問放在心中。「蕭少爺的那個地盤，是怎麼一回事？我一度從高處掉下來，原本以為自己一定會摔死。但是掉到地上時，卻毫髮無傷。雖然香香用手護住了我的頭，但不可能毫髮無傷啊……而且，香香居然能變成不是人的樣子，這又是怎麼回事？」

「嗯……我想想要怎麼跟你說，」允文看著桌上的茶杯，似乎想到了什麼。他的樣子，很像具有教學熱忱的教書先生，要跟學生解釋科學知識。「比如說好了，」他從旁邊的櫃子裡拿出一片小餅乾，放到茶杯中，餅乾漂浮在茶湯上頭。「一般來說，東西會往下掉，但是在水裡面，東西會往上漂浮。你可以想像，水裡也有一個世界，那個世界運作的方式，跟我們的世界不一樣。蕭少爺的地盤就像是另外一個世界，有它運作的方式。」

這件事，蕭少爺也講過，看來他似乎沒有說錯。

「令妹能夠變形，應該是因為，她在蕭少爺的地盤之中悟出了什麼道理，所以才有辦法變形。而你從高處落下來毫髮無傷，也應該是令妹的功勞。」餅乾這時已經吸了水，沉了下去。允文又把它從茶杯中撈了出來。「因為她摸透了蕭少爺地盤運作的方式，所以她可以做到她想做的事。」

翠玉雖然不能完全理解，但能懂個一二分。總之，香香過人的聰明救了她。真虧允文能這麼清楚這類法則。該說不愧是術士嗎？

「那我為什麼會進到那個世界呢？我原本應該是待在家裡的啊，為什麼呢……」

「應該是因為神像吧。你碰了神像之後，便進入了那個地方。至於你進去的原因，應該是因為蕭少爺需要你幫忙找令妹。」

翠玉點了點頭，她覺得有理。但允文說得像是親眼見到她觸碰神像、和蕭少爺對話一般。翠玉慢了一刻才反應過來：「等等，為什麼你會知道？」

允文露出不好意思的笑容。「說到這個，我要跟你道歉……」允文低下頭，從旁邊的櫃子中拿出一本古籍，書頁中有一張符咒。

「我在你身上放了這個東西。所以你在蕭少爺的地盤中所遭遇的事情，我其實都知情。」允文愧疚地說。「非常抱歉，我應該先詢問過你的。」

「咦？」翠玉不禁發出聲音，誰會想到她自以為單獨的行動，居然有人看到。

「手借我一下。」允文說，翠玉握住自己的手，並不打算配合。允文只好拿出自己的手，符紙一落到手上，馬上就如同落水一般沉進去，頓時消失得無影無蹤。

「欸……」

「上次道別時，我不是拍了你的肩嗎？就是為了這個。這樣一來，你之後的行動，我都能看到。也是因為這樣，所以才能在你們危急時，及時趕到。」允文把符咒從手中吸出來，符咒又回復成原本的樣子。翠玉看得目瞪口呆。

「那我現在……」翠玉下意識摸摸自己肩膀，當初被拍的位置。

「我取出來了。十分對不起，請你原諒我。」

允文向翠玉低頭。翠玉雖然覺得被冒犯了，但也不得不承認，結果是好的。幸好允文做了這個決定，並及時趕來相救，否則她們現在就不會在這裡了。

「你是救命恩人，我就不計較這些了。」翠玉輕蹙著眉頭說。允文露出釋然的表情。

也就是說，蕭少爺是為了香香，才把翠玉引到那個冰涼的、不可思議的世界……

「為什麼蕭少爺對香香那麼執著呢？」翠玉不解，擁有那般深不可測力量的蕭少爺，為什麼偏偏選中了香香，甚至不惜求助於她，也要把香香找出來？若是今後蕭少爺持續尋找香香，她們逃得了一時，逃得了一世嗎？

「我想是因為，令妹是他們計謀的一部分。」

「計謀？」

「蕭少爺與你阿窗婆，他們有一個計謀。這個計謀一旦成功，將會為世間帶來過於危險的東西——不瞞你說，我並非只是想幫你們而已，我也在努力阻止他們。」允文看著手上的傷口，看來他沒說錯，受傷確實與允文的意願有關。

「咦，這麼嚴重嗎？」居然上升到世間的程度，翠玉不禁覺得這過於誇張了。

「嗯。」允文點點頭。「要是他們成功的話，將會有一種新的信仰，降落在這個世間。這對本島人而言，是新的挑戰。因為本島人過去，從來就不知道這種信仰，因此也沒有能夠抵抗這種信仰的方式。但是以本島人迷信的程度，我想他們很可能會屈服於這種新的信仰。同時，蕭少爺也會為新信仰，準備好一個『活神仙』讓人們崇拜，人們一定會為之瘋狂的。屆時，本島一定會變成一個以活神仙為尊、不分青紅皂白的島嶼吧。」允文緩緩地說著，表情凝重。

「可惜，當人們向活神仙祈求時，活神仙是不會為人民想的，畢竟，祂可是個自私的神明啊。」允文露出一絲苦澀的笑容。翠玉成長的年代，本島人已經沒有以前迷信了。但允文說這話的時候，卻彷彿見證過那個時代。

「本島人的迷信也有可愛之處。我只是很害怕，這成為被利用的弱點而已。」允文補充說。

「不過，這個計謀，為什麼會與香香有關呢？」這個以全島為規模的計畫，居然是以香香的婚姻為始，翠玉猜不出兩者間的關係。

「令妹在蕭少爺的計謀中，是要負責生下『活神仙』的那名女子。」允文說得平靜，翠玉發出驚呼聲。

「為什麼是香香？」世上明明有萬千女子，為什麼獨獨選中香香？翠玉從小與香香相伴長大，從沒想過她會是個母親，還是個特殊的母親。

「在我們這類人看來，令妹體質特殊。你應該知道吧？她有別於其他人。」

翠玉原想反駁，卻想起了香香預知地震那夜。

翠玉也想到阿窗婆說的話，舅舅與母親很常掛在嘴上的那句。

——香香是振興沈家的關鍵啊。

難道不是因為香香的才能，而是因為香香的體質？因為香香體質特殊，所以能與蕭少爺成婚、為蕭少爺生下活神仙的孩子，由此成為振興沈家的關鍵？並不是因為，香香可以當聰明、有手腕的企業家，而是因為她可以當母親……？

「什麼啊，原來我一直都誤會了嗎……」翠玉心裡發涼。她感覺到，這是對香香的否定。其實香香是什麼樣子，對蕭少爺和阿窗婆來說，根本就不重要。香香能生育，這比較重要。

香香是因為發現了這件事，才痛苦到不得不變形的嗎？自尊心高的香香，怎麼可能接受自己被當成生育用的……像是動物一樣的存在？

幸好香香逃了出來。她應該已經不用再忍受了吧？

「所以，既然我們把香香救了出來，這樣算是成功阻止蕭家了嗎……」

「不算是。這只是一時的。」允文露出嚴肅的眼神。「蕭少爺並沒有被徹底打倒。他復元之後，還會再過來找令妹。但是下次，我一定能阻止他。」說到最後一句時，允文的表情轉為犀利，那是翠玉之前並未看過的。她原以為眼前這個人總是斯文溫和，沒想到也有這一面。傷痕帶給他的並非痛與挫折，而是鬥志。允文是真的想打倒蕭少爺。

但是這份意志，已經超越被官方指派的範疇了吧？。如果不是受委託，允文又是為了什麼呢……是因為想阻止蕭少爺的弘大計謀，還是，有他個人的理由——？

說到底，翠玉對這些一無所知。準確來說，她對花允文這個人，其實知道得很少。

「你是怎麼知道蕭家的計畫的……」

翠玉問。她從送親那晚就見過這名青年，往後也在蠔鏡窗與阿窗婆家打過照面。翠玉是因為身為沈家人，才能對香香的婚事這麼了解。但是青年，似乎總是藉著獨立調查，得到比翠玉還多的資訊。如今也是。他知道的事情應該很有限才對，為什麼能夠這麼肯定的說出蕭家的計謀？除非，他就是蕭家的關係人。或許是蕭家的仇人，所以才對蕭家有這麼強的敵意。

要是那樣，她真的能心無罣礙的仰賴這個人嗎？

「為什麼你能把蕭家的計謀說得那麼肯定……為什麼你會知道那麼多……難道你早就知道……」翠玉的身子往後靠了一點。她有些不安，但要是連這裡都不能待，她還能去哪裡？

允文察覺了她的異狀。「不是的。」他輕聲說。「我確實知道的比較多，但這並非因為我比較了解蕭家。我原本並不認識蕭家，只是我多掌握了一些知識，所以才清楚蕭家的意圖。」

「你之前也說過，蕭少爺不是蛇郎君——你一定知道一些什麼吧？」翠玉直視著允文。

其實，翠玉也不真的相信「蕭少爺是蛇郎君」。但是當允文把蕭少爺的計謀說得這麼大，不禁讓人好奇，蕭少爺究竟是何方神聖。除了廣為人知的蛇郎君傳說，又有哪個信仰，能對本島人造成這麼大的影響力？像蛇郎君這種民間傳說的怪異，突然真的出現在眼前，應該會對人們造成很大的衝擊，讓人們對於神鬼更深信不疑吧。

而且，蕭少爺所持有的力量，顯然超乎常人。蕭少爺必然是某種非人的神異存在。以目前的蕭少爺的所作所為看來，翠玉想到的，就只有蛇郎君了。

「我確實知道蕭少爺的真實身分。」允文說，翠玉倒抽了一口氣。「不過這並不難。其實，蕭少爺的真實身分，就隱藏在已經發生的事情之中。蕭少爺所引發的這一連串事件，可以分成兩個部分。其中一個部分，是蕭少爺努力讓人誤會『他是蛇郎君』。另一個部分，則是他難以隱藏的、可以辨識他真身的跡象。後面才是關鍵。首先，是哪些部分會讓人誤會，蕭少爺是蛇郎君呢？」允文露出自在的表情，又到了他最擅長的領域。翠玉有點緊張，但她還是很想知道，允文是怎麼搞清楚的呢？如果她試著整理，是不是就能更接近允文的理解？

「蕭少爺要娶親。婚姻的部分，就與蛇郎君很像了。」翠玉摸索腦內，暫時想不到哪個會與人類女子結親的男性神異。「蕭少爺也像蛇郎君一樣，給了我們家豐厚的聘禮。除此之外，婚禮的過程中，與蛇相關的東西太多了。啊，先出現的應該是『蛇郎君要娶親』的傳言。這些傳言應該是有根據的吧，大家都認為是蛇郎君啊……而且，作為聘禮之一的簪子，還是蛇的形狀。更不用說，香香出嫁那天晚上，蕭少爺操縱了五十名婦人，為香香送親。那些婦人醒來之後，都說她們夢到一個蛇頭人。這個蛇頭人，應該就是蛇郎君吧？」翠玉說。

如果不是蛇郎君的話，為什麼「蛇」會一直反覆出現呢？

允文點點頭，似乎對翠玉的回答很滿意。

「你不覺得，這些強調有些太多了嗎？若是蛇郎君的話，作為異類，應該會想盡辦法隱藏自己的身分吧。簪子大可不必打成蛇的形狀，如此也不會減損它的價值。況且，如果蕭少爺可以使役婦女，那麼他應該也可以控制婦女們做的夢吧。他應該可以控制婦女在夢中見到的形象，那個形象，不必是一個蛇頭人。你不覺得，蕭少爺讓蛇頭人出現在五十名婦女的夢中，像是刻意透過這些人，把『蛇』的形象傳達給大眾。有點太刻意了嗎？」

允文當初也是這麼解釋，蕭家為什麼要將送親路線導至蠔鏡窗。翠玉一直覺得這種思考方式很不可思議，她自己並不會這樣想事情。

允文接著解釋：「我猜，對於蕭少爺來說，偽裝成蛇郎君，比不暴露神異的身分更有利。或許是因為蛇郎君傳說是一個比較和善的傳說吧，人們對蛇郎君的親切感，也勝過恐懼感。傳說中的蛇郎君並不壞，這樣就可以讓人們誤以為，蕭少爺也是如此。實際上，蕭少爺真身的傳說邪惡多了。」

翠玉想到，她聽過這樣的說法。「阿窗婆說，既然是蛇郎君，那麼應該會對香香很溫柔吧。雖然舅舅只是看上了蕭家的錢，但就算他察覺到，蕭少爺是個可疑的姻親，也會因為『蛇郎君會對新娘很溫柔』這點，而決定不追究吧……」

「所以，儘管這樁婚事中，出現了好幾次的蛇。但其實和蛇有關的部分，都可以偽裝。簪子可以打、送親路線可以誤導，但是有一些部分、無法偽裝的——」

「啊，神像。」翠玉一度疑惑過，這尊神像明明與蛇郎君無關，為什麼會出現在家中？

「是的。對於蕭少爺來說，那尊神像應該是很重要的。不然沒有必要大費周章地送進沈家。而且這麼做有風險，你們家似乎與阿窗婆家很常接觸？萬一你們有人，看過阿窗婆放神像的房間、看過神像的話，便會對神像留下印象。如今神像再送到你們家，不就會被認出來嗎？這樣一來，就會察覺神像的詭異之處。但是即便有這樣的風險，阿窗婆依然要把神像送進你們家，這就說明了，神像應該是相當重要的。」允文推測時，眼神明亮而專注。

雖然翠玉依然不知道，神像在沈家的重要性是什麼。但是那尊神像是關鍵，不會錯。

「除了神像以外，蕭少爺還有一樣特徵。其實，『五十個婦女都夢到蛇頭人』的這件事，重點不是蛇頭人，而是『夢』。」

「啊，」翠玉想到什麼似的。允文疑惑的看著她。

「在神像進駐我們家之後，我有時會做夢……我記不太清楚夢的內容，但是做夢的感覺很不好。總覺得像是被什麼東西綁住。」翠玉閉上眼，稍微在腦中喚醒夢的記憶。「我以前不太會做夢，這麼頻繁的做被綁住的夢，是從神明進駐之後開始的。」

「你覺得跟神明有關嗎？」

「我想應該有關。有件事我不太確定，那就是，為什麼會做夢的，都是女人？那天送親的五十個人都是女性，害她們的丈夫兄弟只能在後頭追著。為什麼要這樣呢？如果夫妻雙方都做夢、都失去意識，就不會有這些跟在後頭的憂心丈夫了。這麼做應該比較好吧？」

允文聞言露出微笑。雖然這對翠玉是個沉重的話題，但允文看上去很樂在其中。帶領翠玉理解已發生之事，他似乎很有成就感。

「你覺得，是蕭少爺『只想』讓女人做夢，還是蕭少爺『只能』讓女人做夢？」

「咦……」翠玉張大眼睛。允文這麼一問，她突然明白了。「你的意思是，蕭少爺之所以讓女人做夢、操縱婦女，是因為他只能對女人這麼做，無法對男人這麼做嗎？這確實有可能。送親隊伍沒有必要非得都是女人……男人力量可能還大一些，比女人還要更適合扛轎子。」翠玉自認力量也不輸給男人，但根據她的理解，多數人應該會這麼想。

「『讓女人做夢』這件事，蛇郎君的傳說裡並沒有提及。當然，傳說也可能有沒提到的事。不過，至少我們知道，『神像』與『做夢』這兩件事，並不符合蛇郎君傳說。——但是，它可能符合其他妖異的傳說。」

翠玉原本以為線索又斷了，然而允文這麼一說，讓她起了興趣。對，允文知道蕭少爺是妖異，只是並非蛇郎君。如果蕭少爺不是蛇郎君，那會是什麼種類的妖異呢？

有什麼妖異，會符合蕭少爺的狀況？

允文說著，從身後的書櫃拿出了幾本書。

「不知道你有沒有聽過『五通神』？」翠玉搖搖頭，允文輕笑：「果然沒聽過嗎，畢竟是很久以前的事了。儘管本島知道的人並不多，但五通在明代與清代時，是中國南方非常流行的神明。在當時的江南，五通是主要信仰之一，沒有人不知道這個神明。」

或許是因為看到翠玉出現了疑惑的表情，允文把話接回來：「我之所以提到五通，是想說，蕭少爺跟五通，有一些共通點。五通自宋代已經有記載，關於五通的故事很多，有些細節可能不同，比如有時五通神是五個人，但有時是一個人。各地的稱呼方式也有差異，因此五通也會被稱為五聖、五顯、五郎神。但是整體來說，五通有一個很集中、很突出的形象，而蕭少爺的行徑，部分符合那個形象。」明明是關於眼前的謎團，允文卻很認真的在描述一些，在翠玉看來並不覺得重要的細節。雖然翠玉尊重他的認真，但是歷史的部分，需要說這麼多嗎？

「等等，你……這是說，蕭少爺是神？」因為允文說了太多無關的東西，翠玉晚了一步才意識到不對勁。「你這是在幫蕭少爺說話嗎？」

「不，抱歉，不是這個意思，是我沒說清楚。雖然大部分的神明都是良善的，但是五通並非是一個善神，恰恰相反，祂是一個相當惡名昭彰的邪神。」

「神明也有邪惡的……？那人們為什麼要拜祂？」至少就翠玉印象中，神明多是正直、良善的，人們信仰神明，是因為神明慈悲。

「五通是財神，人們向祂祈求財富。但是五通是一個淫邪的財神。在傳說中，五通的樣貌是極為俊俏的美少年，他在半夜潛入女子的房間，與女子交歡。這些女子有些是待字閨中的少女，有些則是已婚的婦人。但五通似乎並不在意。對於這些他造訪的女子，他會為了滿足她們，而給予金銀財寶。有時一個家庭，可能會因為五通的贈與而暴富。」

翠玉畢竟是未嫁少女，聽到這麼不登大雅之堂的話題，臉上浮現一抹緋紅。然而允文解說文獻的興趣太濃厚，讓他因此漏看了翠玉的表情。

「你是說，五通這種神，會跟人類……」翠玉很好奇，神明應該沒有形體，這是怎麼辦到的？但她又說不出口，就算她自認已經比多數同學大方一點了。

「五通與人類女子的交歡，可能是發生在精神面上的。」幸好允文接到了翠玉未說出口的疑問，這個人在某些方面很敏銳，其他地方則似乎很遲鈍。

「有些故事描繪成『依憑』，相當於神明附身在人類身上。有些故事則說，交歡在女子睡夢中發生。除此之外，根據清初的一本《研堂見聞雜記》說，因為旁人看不見五通，所以女子可以在與人說笑時，同時精神上和五通交合，而旁人看不出來。雖然方式有差異，但總之，五通神都可以操縱女人的精神、入侵她們的夢境。如果說蕭少爺可以讓女人做夢、藉此控制她們的行動，那麼在這點上，他和五通神是相似的。」

居然還引用了清代的古籍……翠玉想起剛剛允文順手拿起、挾著符咒的古籍。以及書櫃裡那堆漢籍。她現在知道，那些書是做什麼用的了。儘管允文穿著現代的西服，興趣倒是非常古典。

「這種事……女子沒有拒絕嗎？她的家人不會發現嗎？」翠玉設想，這種事要是發生在她身上，她一定當下就想把五通逐出夢中。那些女人難道不會這麼做嗎？

「傳說中的女子，對於五通的造訪多半沒有抗拒。至於她們的家人，由於這件事發生在女子的閨房，家人起初並沒有發現，但是女子在與五通交往後，會出現一些疾病症狀，家人可能會因此察覺。」

「接下來他們會趕走五通吧？」

「很遺憾的——並不會。多數的家庭並不排斥五通。不少人還會因為發現五通選中自己的家人，而感到慶幸。因為這說明了，五通接下來會給這個家庭不少錢——和女兒或妻子的貞操相比，他們更看重五通帶來的錢財。」

「這、這簡直是賣女兒吧……不，你剛剛說有妻子，那些妻子的丈夫，也可以容忍這樣的行為嗎？」翠玉越來越覺得這些古籍中的人，簡直莫名其妙。這種邪神早該被視為毒瘤，怎麼還會有大流行的機會？

「在明代的《庚巳編》當中，有一位叫沈寧的人，發現五通神來找他妻子以後，他設宴款待五通神，希望五通神再來找他妻子。」允文又引了一個例子，以前這類案例似乎不少。他說著，不好意思地笑了。

「什麼……這些人，怎麼會……」翠玉不只對於五通的行徑感到訝異，也對於人們的反應感到難以置信。這些人為了錢財，竟然甘願出賣自己的妻子與女兒。

然而翠玉在訝異的同時，也對於這種決定感到熟悉。

「不……我想我知道，五通神為什麼會流行了。」翠玉慘然一笑。

邪惡的不是神，而是人類啊。

要不是因為人們甘願出賣自己的妻女，五通神又怎麼有辦法作亂呢……從古至今，人們唯利是圖的性格，從來就沒有改變啊。正是這種唯利是圖，害慘了她與香香。

「這麼說來，你說蕭少爺像五通，我漸漸覺得可以理解了。」翠玉的語氣有些苦澀。她原以為這些發生在古籍裡的事很遙遠，沒想到居然比想像中還近。

「在傳說中，五通也幾乎都是美男子。而且，五通神的依憑，時常導致婦女患病，這或許就是為什麼，前陣子府城會流行疾病。五通還有一個別名叫做『蕭公』，這正是蕭少爺的姓氏。加上五通能影響女性的夢境。你不覺得，比起蛇郎君，五通更像是蕭少爺的真實身分嗎？」允文說。雖然他說起來相當輕鬆，但若非像他這麼熟悉古籍，大概也不會明瞭這個神明吧。

翠玉低頭思考，若是答案這麼清楚，那為什麼會沒人發現呢？為何所有人都覺得是蛇郎君呢？

「可是，街坊間流傳著蛇郎君的傳說……如果蕭少爺不是蛇郎君，為什麼這時會出現蛇郎君的傳言？」

「其實街談巷議是很好操縱的，婦女是流言蜚語的主力，她們的生活型態，讓她們有很多機會交換資訊，流言便是其中之一。蕭少爺只要操縱婦女的精神，或者是讓你阿窗婆放出謠言，那麼讓人們開始討論蛇郎君，並不困難。人其實是很容易相信其他人的，只要有第一個人開始說了，並且其他人認為有道理，流言就會這樣一傳十、十傳百的擴散出去。這麼一來，察覺到婚事不對勁的人，也會自然而然地往蛇郎君的方向聯想。」

允文接著說：「我想作為神異，蕭少爺已經意識到了，當他使用他的能力來完成這樁婚事，必然會被注意到其中的詭異之處。既然如此，不如利用既有的、廣為人知的傳說，說自己是蛇郎君。如此一來，就算沈家意識到不對勁，也會願意相信他、相信這場婚姻。蕭少爺便可以娶得令妹，讓令妹生下他的孩子。藉此，讓三、四百年前曾經在江南造成大流行的五通信仰，重現於本島。」

經允文這麼一解釋，翠玉這段時間以來面臨的迷霧，終於有了撥雲見日的一刻。允文勾勒出來的真相，十分具有說服力。

傳言是五通藉由婦女之口放出來的。

府城盛行的婦女流行病，並非蛇毒，而是五通帶來的疾病。

寫真館老闆娘之所以演出「蕭夫人」，是因為五通神操縱了寫真館老闆娘。

蛇郎君並不存在，存在的是五通。

她願意相信，這就是整個件事情的經過。

「只是，有一點不同……」翠玉以為已經抵達謎底時，卻聽到允文如此喃喃自語。

「什麼不同？」

「在過去的記載中，五通都可以直接潛入女子的精神中，與這些未出嫁的少女結合，無需透過婚姻。為何五通不這麼做？為什麼要大費周章的安排一場婚禮？這太不像五通神的做法了。」

「你是說，蕭少爺如果是五通，他應該可以直接潛入香香的夢境，不需要特意娶她？」

「應該是這樣才對。」允文點頭。

翠玉想像了一下，說：「但是香香的床在我的旁邊，如果有引人注目的異狀，我很快就會發現了。」

「但就算你發現了、你家人知道了，對上五通，你們也應該無能為力。畢竟他入侵的是精神面，這應該是難以抵擋的。」允文又搬出他在古籍裡所讀到的那一套。

「嗯……」翠玉陷入思考。她試著想像五通潛入香香夢境的情景。但是無論如何，她腦中都無法浮現畫面。

她隱隱感覺到，她的「無法想像」，就是這個問題的關鍵。但是她現在還無法好好整理出來。

允文似乎察覺到翠玉的困難，接著說：「總之，因為某個我們尚不知道的緣故，導致令妹必須出嫁，五通才能依憑到她身上。或許，原本蕭少爺先使用了一般五通神的方式，卻發現無法成功。因此阿窗婆建議蕭少爺，如果要得到香香，必須籌畫一場婚禮——應該是這樣的吧。」

對，阿窗婆，她是明瞭一切事情的人。她當然知道要怎麼解決。

當阿窗婆看著香香、照料著香香時，她在想的，就是這些嗎——？翠玉不禁感到傷心。

「雖然我們不知道為什麼香香必須出嫁，但是阿窗婆知道那個原因。阿窗婆知道原因，她也知道解決方法。那個方法就是，讓香香出嫁——因為她懂香香，所以才能如此對症下藥。」翠玉壓抑著心中的悲傷。難道阿窗婆，從來就是用這樣的眼光看著她們姊妹的嗎？

「你知道她為什麼要這麼做嗎？」允文問，翠玉馬上浮現了答案。

她想到阿窗婆的金玉鐲，想到阿窗婆的預言，畢竟阿窗婆是看過那個時代的人啊。

她忠於沈家，她看了那麼多代。

「在阿窗婆眼中，香香不過就是沈家的一個女兒，要用香香換取整個沈家的再次繁榮，她絕對會願意的……為此欺騙沈家人，當然也不算什麼。」

舅舅與母親都被騙了。

舅舅與母親以為香香嫁入蕭家以後，可以不愁吃穿。殊不知，阿窗婆是藉著這樁婚事，把沈家最寶貝的女兒獻給邪神。

沈家人以為香香嫁的是大家族的少爺，卻沒想到是以征服女性為樂的五通神。

翠玉腦中閃過，和香香吵架那晚，把香香抱上樓的舅舅。

那時她感覺到，舅舅在哭……不是真的在哭，而是用隱藏在身體中的另一張臉，流著慈父的悲傷之淚。

如果他知道，女兒被推入邪神懷中，他會傷心吧？如果他知道，阿窗婆背棄了他們從小到大的信賴，他會憤怒吧？

母親之所以能天真的享受著奢華，也是因為堅信香香過得很好。若是知道香香承受了痛苦，也會感到良心不安吧？

他們因為從小到大苦慣了，所以更相信物質的力量。而難以理解，他們的女兒輩，在物質不匱乏的情況下，還會因為其他東西而感到痛苦——痛苦的婚姻就是其中一種。但那是他們無法知道的事了。對他們來說，富足就是一切。

「所以你認為，沈家人是無辜的？」允文問，翠玉點點頭。

「五通需要女人，你阿窗婆需要五通為沈家帶來好運，所以他們互相合作……雖然是以欺騙主子為代價，但她還真是個忠於家族的精明僕人啊。」允文感嘆道。

「那麼，香香這是輸了嗎……？」翠玉遲疑地開口。她不想這麼想，不想把香香想成上了阿窗婆的當。但是她無法抗拒這個念頭，這令她感到心酸。

「放心，只是一度輸了而已。她不是能變形嗎？在神的領域中，這就是一種勝利——她掌握了神異世界的邏輯，並且能轉為自己所用，讓蕭少爺吃盡苦頭。這種靈敏與膽試，可是千人之中都難有，連多數男性都及不上。」

翠玉感覺允文看穿了自己的煩惱，藉由讚美香香，安慰了她。

儘管她總覺得這樣的稱讚，好像有哪裡不對勁。但是，她還是為香香感到高興。

大概是因為平常，「以女性而言十分厲害」，就已經是翠玉能聽到的最高讚美。只有在少數時刻，翠玉才能看到表現優異的女性，得到「不讓鬚眉」這類殊榮——那通常是特別的稱讚，是比「勝過女性」還要更強烈的肯定。就這個意義上，她當然開心。

這也符合翠玉對香香的認知。她總覺得香香會是個在商場上，也不輸給男人的精明經營者。

或許未來還能看到吧。等香香醒來以後，等他們一步步，擺脫蕭少爺的糾纏之後。她們或許可以到另一個地方重新開始，擁有新的人生。畢竟她們還很年輕。

一切就等香香醒來。

*

香香的恢復不如預期。

翠玉在允文家待著，這段時間裡，允文拿出了他所收藏的那些古籍，把提到五通神的部分念給翠玉聽。但是翠玉也知道，允文會挑著句子念，有些句子他是不念的。翠玉漢文理解力有限，那些允文避開的字句，她便因此一知半解。翠玉只能猜想，允文或許是為了她好，畢竟五通故事當中，那麼多與性相關的部分——要去想像這些細節，對香香不就太冒犯了嗎？

在這段時間裡，翠玉的吃穿用度都由允文所提供。允文雖然住在洋房裡，但是並沒有僕人。每到吃飯時間，他會從廚房端出三明治，有時是白米飯。他們在飯廳用餐，飯桌是一張螺鈿木桌，中央鑲嵌著精細磨過的貝殼，散發出低調而絢爛的光澤。

允文家的客廳有一扇通往外面的門，但是他從來不允許翠玉出門。允文的理由是，只要一出門，就有可能被蕭少爺察覺氣息，因此知道他們的行蹤。況且如今並沒有出門的必要，因此希望翠玉待在家中。

允文也沒有出門採買，但很奇異的，他們的食糧總是充分。翠玉每天繞去香香的房間，對她講話。香香有時翻身，有時轉頭，常讓翠玉誤以為她醒著。可惜都是錯覺。如此五天過去了。允文的傷口一天比一天減少，沒過幾天，就已經康復大半了。康復之快，簡直奇蹟。

第六天早晨，允文進房告知翠玉，香香醒來了。翠玉那時正坐在床上靜養，聞言馬上起身下床，準備去香香的房間探望。然而允文卻抵在門口，擋住了她的去路。

「我要跟你道歉，關於五通神，我有些事沒有說。」允文的表情看上去很凝重，欣喜的翠玉也不由得慢下動作。

「為什麼現在要說這個？」翠玉不解，明明香香就在眼前，為什麼這時候要擋住她？

「這很重要。很抱歉我之前沒告訴你。那是因為如果可以，我希望我可以不必告訴你。」允文的眼神很悲傷。他身後，香香房間的門半開著，翠玉從門縫間看到香香坐起身的瘦弱身影。她感到不對勁。

「被五通選中的女性，容易發生兩種狀況——一是懷孕，二是發瘋。有時只會發生一種狀態，有時兩種狀態都會發生。」

翠玉感覺自己全身結了凍，冰冷的感覺從腳底竄上來。不想看到的事，最後還是發生了。並且伴隨著另一件，更令人難以承受的事——

她能感覺到自己撥開允文的手，推門進入香香的房間。香香的雙眼澄澈的望著她，澄澈，卻空白。宛如香香眼中有她這個人，心中卻沒有。翠玉搖晃香香，詢問香香，香香卻連句完整的話都說不出來。只是笑笑。翠玉指著自己，香香還是笑。不帶任何情感與記憶的笑。

翠玉覺得眼前的香香好陌生。她撫著香香的臉龐，連香香的軀殼，她都覺得不認識了。

翠玉在做這些事時，感覺世界彷彿失去了聲音。雖然是她的身體在搖晃香香，但她卻覺得那個自己好遙遠。真正的她退回了身體的內側，在那裡蜷起身體，偷偷哭泣著。

七

翠玉坐在地毯上，倚靠著床。從床上醒來時她跌下床，此後就一直維持這個姿勢。明明床就在她旁邊，她卻連坐回床上的力氣都沒有，也不想移動到椅子上。

香香還是瘋了。她原本以為，自己可以守護住全部的，沒想到只守住了一部分。接下來，翠玉又要為了什麼努力？

翠玉原本想好了，一切事情解決以後，她要把香香帶去臺北。在一個沒有人認識她們的地方，重新展開生活。她可以打工，賺了一點錢之後，或許可以開個小店做生意。以香香的頭腦，生意一定能做得不錯。或許她們還可以多累積一點錢，再去內地旅遊，開開眼界。

這些如今都不可能了……

她努力的呼喚香香，香香不僅不認得她、不記得過去的事，也不會講話了。翠玉拿什麼給她，她都像小孩子一樣開心。香香並非過去的穩重少女，而彷若初出生的嬰孩。她是懷著嬰孩的嬰孩。

翠玉沉浸在沮喪中。連允文拿來點心，坐到了她身邊，她都沒發現。

「你已經一天沒吃了，多少吃點東西吧。」允文把盤子往前推，翠玉連看都沒看一眼。

「你早就知道了嗎？」

面對翠玉沒頭沒尾的提問，允文沒反應過來。翠玉吸了一口氣，「懷孕的事。」

「抱歉，但我還沒確定，不好先告訴你。」

允文通漢醫，他由脈搏測出了香香懷孕一事。只是這方法不盡然準確，因此未事先告知翠玉。翠玉相信如此，但也猜測允文應該是有意瞞她。因為擔心她無法接受，因此延遲告訴她的時間。

翠玉當然難以接受啊。怎麼能想像，香香纖弱的身子，居然孕育另一個生命——還是一個最好不要來到世上的生命。活神仙，是嗎。

蕭少爺並非只是想得到香香而已，他還要香香生下他的孩子。

而他已經成功一半了。

「為什麼蕭少爺要生孩子呢？」沉默許久後，翠玉問。允文看見她眼中泛著的淚光，這女孩依然絕望，但仍絕望地想了解真相。她已經很努力了。

「我猜，是因為蕭少爺需要一個在人間的肉身。」允文說了他近來的觀察：「其實在那場婚姻中，我一直覺得很奇怪，蕭少爺就連在迎娶時，他都沒有出現。他只讓使者現身。這會不會是因為，他其實無法在人世現身？」

翠玉聽著，但仍默不做聲。

「所以他才要選中令妹，讓體質特殊的令妹生下他的孩子。如果是這樣，那麼這個孩子對蕭少爺而言，就非常重要。他一定會來要回孩子。」

「那就給他吧。」翠玉難得開口。

「咦？」

「他不是要孩子嗎？那就給他吧——然後讓他放過香香。讓香香跟我一起離開。反正我們也不要孩子。這樣正好。」

「什麼？」允文皺眉。「那可是會掀起全島騷亂的活神仙欸？」

「活神仙又干我們什麼事？」翠玉也不服輸。允文大概只在乎大事，不在乎個人。「就讓全島騷亂去吧，只要放過香香就好。」翠玉生氣的說，允文這似乎才理解她想說什麼。

「不會這麼簡單的。」允文嘆了一口氣。「蕭少爺一旦有了在人間的肉身，他會變得更強，屆時更難逃出他的掌控。他恐怕不會放過令妹。儘管孩子可能是蕭少爺的主要目的，但他對於令妹也有一定程度的執著。或許，他的目標並非只有一個兒子。」

「什麼？為什麼確定是兒子？」翠玉不解。

「五通要的，通常都是兒子——在《庚巳編》中，有一位女子，連續為五通生了五個兒子，兒子一出生，五通神就前來把孩子接走了。最後，那位女子生了女兒，才沒被帶走。五通神向來只要兒子的。」允文說得很肯定。

翠玉對此感到無能為力，她的肩膀塌著。她不想要香香再被帶走，也覺得自己無法面對五通神。

形勢變得嚴峻，翠玉卻已經很疲憊了。

她費盡千辛萬苦找到香香，儘管香香安好，卻不認得她了。翠玉很難正面的想，這依然是一種成功——她只覺得自己遲了、錯了。或許她從頭到尾，就誤會了自己。她根本就無法完成她想做到的事。

只能到這裡了。她的精神與意志已經耗盡，恐怕就算香香被帶回去，她也很難全力反抗。啊，不過就算反抗，最終應該還是會輸的吧。

「那要怎麼辦？」翠玉散散地問，她並不真的好奇。只是要說點話而已。

「蕭少爺現在受了傷，應該還在康復中。如果能趁這時把他擊潰，是最好的。畢竟要是等到孩子出生的那一刻，蕭少爺便會順著他的血緣找到這裡。血緣的感應很強，就算這裡再怎麼偏僻，他也會找到……屆時，因為肉身的出世，蕭少爺會變得更強，我沒有把握打敗他。」

允文低下頭，他的話說得苦澀，恐怕是真的。

翠玉想到幾天前，允文身上帶的大大小小的傷。他也遭逢了不少挫折。

「那要放棄嗎？」翠玉故作輕鬆地問，一半是真，一半是假。允文卻意外回以嚴肅的表情：「我是不會放棄的。」

他又露出那種提及五通時會有的銳利眼神。

「我會進入他的地盤，摧毀他的真身，並且封印他在人世間的神像。只是摧毀神像是不夠的，只要信徒跟信仰尚在，他只要再刻一個木像就好。必須從源頭斬草除根。我會做到的。」

允文說的語氣，是打算去執行了。他的心中似乎已經漲滿鬥志。

但是，就算允文已經恢復大半，以凡人之力對上五通神，恐怕還是十分艱辛吧。翠玉雖未見識過允文的力量，但她曾經體會過在蕭少爺面前的絕望感。

萬一……

翠玉搖搖頭，決定暫時先不去想。她應該將祝福寄予允文，但是她卻總想到壞事。以前的她不是這樣的，難道她已經失去了相信未來的能力了嗎？

畢竟香香已經不會回應她了啊。那還有什麼好堅持，有什麼好期待的呢？

前方還剩下什麼呢？

「為什麼你這麼想打敗五通啊？」翠玉試探性的問。「能得到什麼嗎？」

翠玉知道這麼問有些冒犯，但她真的需要答案。

允文把頭轉向一邊，外頭的光照著他的側臉。他臉上似乎有一層淡淡的雲彩。

「說起來也不是什麼了不起的原因……我想證明自己。我想守護我該守護的重要之物，就算那樣東西在他人眼中毫無價值。我依然願意為它奮戰到底。」

允文迴避了正面回答，語氣卻有種坦然。翠玉感覺到，這是這個身上仍帶有謎團的人，最誠實的一刻。

*

經過庄上村民的通報，警察在龍崎庄附近的路上，發現了一件純白色的蕾絲刺繡婚服。婚服染了血，引起輿論的關注。這件婚服沒多久就被辨識了出來，能有此等財力製作這般婚服的家族不多，數個月前聯姻的沈蕭家族正是其中之一。而且那次詭異的深夜婚禮，以及婚禮所引發的「婦女五十人昏迷事件」，仍在眾人的腦海中。其中有些目擊婚禮的民眾表示，這件純白色的禮服，即是沈梅香當日所穿的婚紗。

儘管數月前的昏迷事件已經引起討論，但是當時警方並未深入調查沈家與蕭家。主要是因為昏迷事件並未造成傷亡，而且調查這種神異之事，就算有任何進展，都容易淪為滿足大眾好奇心的獵奇素材，更加證實「蛇郎君」傳言真有此事。但是這次不同。出嫁女子數個月後留下一襲染血白紗，女子則已然失蹤、生死未卜。此事引起輿論關注與當局的重視，報紙連續好幾日報導了這起事件。警方調查了蕭家的底細，發現戶口上並沒有這戶人家，報導推測，很可能是有心人士冒名頂替，這實際上是一樁詐騙綁架事件。但是接著又有報導指出，地方人士說，沈家顯然從此樁婚姻獲得了大批錢財。

這下不得了，已經爭議好幾年的「聘金制度」問題，再度浮上檯面。過去，當局已經看不慣本島人之間落後的「聘金制度」，認為夫家以聘金聘娶媳婦，實際上是變相的「人身買賣」。婦女宛若處在人肉市場上，聘金即等於女子的身價金。娘家收取身價金，便是「賣女兒」的行為。不只有志之士在報紙上猛烈批評聘金陋習，當局成立了許多街庄習俗改良會，規勸本島人廢除聘金結婚。

「廢除聘金制度」的運動推行有年，這時再度因為沈家的案例而掀起爭議。理性的進步人士投書指出，沈家女兒就是舊社會聘金制度下的受害者：由於父母受到高額聘金所吸引，因此對於蕭家不疑有他，無意識地將女兒推入騙局之中。若是聘金制度不廢，女性的悲劇便不能止歇。我們也始終無法迎來進步、文明的社會。

也有情感豐富的投書者痛陳，沈家父母就是害死女兒的兇手，若是聘金制度持續存在，便會有更多的兇手，與更多的犧牲者。

沈家在這一波輿論中飽受攻擊。報社也訪問了沈家，低調的沈家難得有所回應。根據報導，沈家的沈寒天表示，一切皆依照正常結婚程序辦理，沈家人對於沈梅香失蹤一事並不知情。

這確實符合允文的猜測，阿窗婆是主謀，沈家人應該從頭到尾都被騙了。但在阿窗婆的安排當中，並沒有想到會出現這一段。這樣一來，飽受攻擊的沈家，必然會責怪當初為這樁婚事牽線的阿窗婆。

要把沈梅香的出嫁，偽裝成單純的失蹤事件。

這不是最主要的手段，對允文來說，這只是確保他期待的事會發生而已。同時，這也是他的目的之一。他要將妖異之說導回社會所習慣的常規。

婚紗的出現不符合阿窗婆的計謀。這預示了失蹤，無論如何，這都有可能打亂他們的步調。沈家可能心急，阿窗婆可能生氣。這會讓他們忽略一些事。

允文埋伏了兩天，便遇到了機會。

沈家人出了門，似乎打算去婚紗掉落的地方探勘。他們一個個坐上了雪芙蘭自動車，恰巧坐滿。他們離開後的沈家十分安靜。

允文藉機潛入了沈家。他輕易開了鎖。他雖未來過沈家，但是他彷彿隨著依附在翠玉身上的符紙，也來了一趟。因此居然對沈家產生了奇異的熟悉感。包括少女曾經告訴過他的，她無辜的家人，也居住在這棟房子裡。這是那名少女帶給他的體驗之一。

允文找到放在廊上的神龕，神龕正巧與阿窗婆家空蕩蕩的神龕樣式一致。只要抵達這裡就沒問題了。

允文伸出手，打算撬開通往五通神幻境的通道。

神像並無反應。

允文又試了幾次，依然沒有效果。蕭少爺不能直接連結到人間，這是劣勢，也是優勢。雖然如此一來，蕭少爺必須透過許多迂迴的方式，操作現世的運行；但蕭少爺一旦退回他的世界，允文便難以追擊。允文越試越焦急，此時，他又聽到屋內傳來腳步聲。允文轉身，看到陰影中站著一個人。

對方身在陰影下，允文只能看到對方腳上烏亮的皮鞋。對方又往前踏了一步，整個身影清楚的顯現在他眼前。

允文在潛入送親隊伍那天晚上看過這個人。這個人在眾人喧囂的門前，擺著一張威嚴、正經的臉，無視了抗議的男人們。而根據他不久前在報紙上所言，他應該對整起事件，都不了解——但是允文現在卻覺得，實情並非如此。

這個人是沈寒天。沈梅香的父親，翠玉的舅舅。

＊

允文沒想到沈寒天會出現，沈家人不是全都出門了嗎？他有些意外。然而他並不打算讓這樣的神情留在臉上，很快恢復鎮定神情。

「我還以為是誰，原來是小偷啊。」

沈寒天說。允文判斷多留無益，打算從窗子翻出去。

「偷了我們家兩個女兒的小偷。」沈寒天接著說，允文的動作慢了下來。

知道這件事的，只有蕭少爺。而蕭少爺告訴的對象，應該只有阿窗婆——

至少允文原本以為如此。

顯然蕭家並非被騙的那一方。

沈寒天手撫摸著下巴，端詳著允文。這個人長著一臉不怒而威的面色，允文對於這個人的所知有限，他知道的，只有從翠玉那邊聽來的說法——沈寒天是一家之主，在摧毀女兒的信心後，強行推動了這樁婚事。這是因為，沈寒天錯將富足當成生活的全部，忽視了其他重要的東西。但他仍是愛女兒的。

以現狀看來，這樣的理解實在是過於寬容了。

若是沈寒天是改變沈梅香意願的那個人，那麼他就是造成女兒不幸的元凶。他明白一切，卻親手將女兒推入煉獄。世間這樣的父親也不少。

「你想說什麼？」允文對這樣的人沒什麼好感，但是沈寒天似乎有話要說。

「我知道你想做什麼。也知道你是誰。可惜你今天要空手而回了，那裡已經鎖死了。因為你的緣故。」

允文瞇起眼。鎖死他並不意外，但是沈寒天居然連他的身分都知道。蕭少爺也透露太多了。

「難得有機會，我們來談個交易吧。」沈寒天似乎對允文很有興趣。「其實啊，我是壓你這邊的。如果你願意的話，我們也可以不選五通，選你。」

允文不能理解。這個人在說什麼？

「反正條件對我們來說也是一樣的——選你也不比選五通差。只要你能保證我們沈家長久繁榮就好了。對你來說，這不是什麼問題吧？說實在的，沒想到你真的存在，我還能親眼看到你，我好高興啊。」沈寒天露出陶醉的表情，雖然是恭維，允文卻不敢接受。

這個人瘋了吧。

五通的神像就在沈寒天面前，沈寒天這麼做，無疑是堂而皇之的背叛他們所合作的神明。是因為知道五通神封閉了道路，應該無法接觸外界，所以才敢出此狂言嗎？

這說明了，沈寒天對五通根本就沒有忠誠之心——只要滿足他們的要求，誰都可以。不必一定要是五通。

可憐的五通神啊，你被這個家族利用了。

明明對方只是人類，允文卻感到一絲害怕。不過比起害怕，他更為生氣——把他當成什麼東西了。他又不是五通那種會因為慾望，淪落到跟人類談條件的低等存在。

允文不得不心疼梅香與翠玉，兩個如花一般的少女，竟生在這種家族裡。掌管他們命運的一家之主，總是在想著如何賣女求榮。

允文做了個決定。他本來不打算這麼做的，這並不符合他的原則，但他這次打算破戒一下。

「你真是個沒用的父親啊。」允文毫不掩飾鄙視的眼神。「你總覺得你的平凡，是因為你們家族的緣故。實際上並不是。就是因為你自己無能給她們更好的生活，所以才會淪落到必須賣女兒求生存。你就承認吧，根本不是因為什麼家道中落，你只是想靠沈梅香來掩飾你的失敗而已。」

允文其實並不全然相信這一套。在這時代，本島人再有才能，經商依然有不少限制。但是他知道這麼說，可以打擊沈寒天。

沈寒天聞言爆出笑聲。

「啊哈哈哈哈哈哈——」沈寒天笑得非常暢快，像是他也欣然同意允文的這番指責，像是，終於有人理解他。允文沒有想到他會有這等反應。

沈寒天停止了狂笑，收起臉上的表情。他原本威嚴的面容上，像是什麼武裝都卸下了。如今的他，只是個失去一切的男人。

「是啊，我是個沒用的父親……」沈寒天低低的說。允文突然明白，為何翠玉會下那些判斷了。

但是允文仍不打算改變主意。沈家人回來時，會以為沈寒天是被闖入家中的毒蛇所咬昏。

＊

允文原本判斷事情會是這樣：阿窗婆私自祭祀蕭少爺已久，當她看出沈梅香異於常人時，她便知道時機已經來臨。也有可能是，阿窗婆先看出沈梅香的資質，再判斷可以延請蕭少爺的神像。接下來，於沈梅香長大成人之時，再利用沈家對她的信任，談好一樁婚事，光明正大讓神像進入沈家。此後，有財神五通當沈家的守護神，沈家便可擁有亨泰家運。

但是如今看來，是沈寒天主動配合，獻出了自己的女兒。

阿窗婆或許原本打算暗著來，因為她擔憂，沈家知情的話，不會讓女兒嫁給一名淫神。然而阿窗婆想錯了。沈家比她所以為的，更渴求神明的力量。五通則藉著這個需要，獲得來到現世的機會……可惡，時間越來越接近了。

允文原本想趁五通負傷乘勝追擊，但是沈寒天說路被封了，應該是真的。允文當時確實打不開，如今他拾起當初黏在翠玉背後的那張符紙，讓符紙浮在手中，祈禱這個曾經去過幻境的符紙，能透露出一點線索……結果符紙並無回應。

既然如此，那只剩下一條路可走了。

允文坐在走廊上來回行走。現在正是夜晚，翠玉在房中已經睡著了。月光穿過雕花的窗櫺，灑在地毯上。如今宅內安靜無聲。

若是道路封死，那麼就必須在沈梅香生產時與五通決戰。若是胎兒中途死亡，那麼五通便不會來。要是孩子平安出世，五通便會獲得力量。在那種狀況下迎戰，他害怕沈梅香暴露於危險之中。

並沒有兩全其美的辦法。

允文思考時，拿了一顆球在手上扔著。允文思考得太專注，一時漏接了球，球落到地上，不停往旁邊滾，滾到了沈梅香的門邊。允文這才注意到，沈梅香的門並未完全關上，門縫間流瀉出昏黃的燈光。

這時間，怎麼會？

允文像往常那樣敲門之後，不等回應直接開門。在沈梅香已經失去自主意志的狀況下，他和翠玉不得不這樣開門。允文因此平常不入沈梅香房門，但是今天他很好奇。

沈梅香的視線看著開門的允文，微微一笑。她坐在茶几邊，因為夜晚寒冷，披了一件衣服。手上正拿著允文的書在讀。因為聽到了敲門聲，她從書中抬頭。

「你……怎麼會？」允文才剛說出口，馬上意識到自己問錯問題。

「既然你是清醒的，為什麼要裝瘋？」

沈梅香低頭看著自己的肚子，她的腹部已逐漸突出。其實是不應該這麼早的，或許神子果然異於常人。

「如果我不瘋，翠玉會把我帶走。但是我想把孩子生下來，讓這孩子回到沈家。」沈梅香一樣是笑，這是她裝瘋以來最常出現的表情，但是如今的笑，卻不太單純。「想想他們……我父親對我做的那些事……既然他們那麼相信家族關係，我就讓他們死在他們的信仰裡。他們一定會愛這個孩子的。但是，我想看他們被所愛反撲。」

允文好幾次聽翠玉提過香香。但眼前的沈梅香，卻不像翠玉口中的香香。她已非那個孤高又聰慧的女孩，而是命運被摧折後、心懷怨恨的女子。若是明瞭沈梅香轉變的翠玉，必然會對她抱持同情，但是允文儘管有憐憫之意，卻很難苟同她的心思。即便他曾是人類畏懼的對象，但對他來說，人心的深沉更值得畏懼。沈寒天是如此，沈梅香也是如此。

「你說父親……你早就發現了嗎？」

沈梅香起身走到窗邊，皎潔的月光照在她臉上，更顯得她肌膚白皙、五官豔麗。「他可是我父親啊，我還不了解他嗎。」

「我不能讓你那麼做。對你而言可能無所謂，但是全島將會因此陷入混亂。」允文說明了原因，也說明了他現在遭遇的兩難：唯有胎兒降生，他才能遇到五通，但是當胎兒降生，五通將會變得更強。

允文將沈梅香視為可敬的討論對象，這麼說，是希望她可以提供解方。沈梅香果然不負期待。

「這個不難。」

沈梅香嫣然一笑，望了一眼翠玉房間的方向，要允文湊近傾聽。她待在五通那邊的時間不長，但她熟知情報的重要性，因此每次蕭少爺與阿窗婆低語時，她都悄悄聆聽，沒有放過一點一滴。她把這些拼湊起來，正好可以湊出對上五通的良策。

允文聽了很震驚，沈梅香的規畫大膽卻無意顧及周密，尤其不在乎自己的生命安危。

「你可能會死。」允文神色嚴肅的說。

「如果死了，那就是我的命吧。」沈梅香神情淡然。「但是如果我能活下來，我要回去，我要對他們下詛咒——既然他們認為女兒可以利用，那麼我就要讓他們知道，女兒也是很危險的。」沈梅香再度露出讓允文感到不祥的笑容。笑容依然美麗，但是笑容背後的靈魂，已經扭曲了。

「這樣的我很醜陋吧。」沈梅香彷彿洞見允文的心思。「請你幫我一個忙，幫我在翠玉面前保守祕密。我希望她心中的我，還是純淨無瑕的。我不要她看到現在的我……」

沈梅香蹲了下來，讓披散的頭髮蓋住了她的臉。然而就算她這麼做，依然藏不住滑落臉龐的淚水。

允文抬起頭，不去直視這名落淚的少女。儘管她的模樣還是少女，實際上已是懷有身孕的少婦。只是短短幾個月內，少女的命運便徹底改變，即便如今終於追上、終於將她接回，也已經來不及。而少女為了這幾個月的苦痛，甚至打算犧牲接下來的人生——以人類而言，這便稱得上是永恆了。為了復仇的執念，賭上永恆，這是否值得呢？他們畢竟不是妖異，沒有接近於無限的時間，因此，這更是壯烈的犧牲——

允文不能理解。他只是，腦中不斷浮現另一個少女的堅毅臉孔。

那名少女使用另一種方式面對人生。允文依然難以忘懷，翠玉在送親那晚所展現的義無反顧。那是他第一次發現，原來人類女子也能有如此強烈的決心。他總以為人類懦弱、貪婪、態度反覆，這名少女就算說要尋找妹妹，也可能是一時的想法，但是這名少女一而再、再而三地展現了屹立不搖的意念。明明是極為脆弱、行動力又相當有限的少女，為什麼就是不能放棄呢。

月色流轉，從另一處玻璃窗照進允文身上。月色透亮得彷彿沒有任何雜質，或許這就是翠玉眼中，沈梅香的模樣吧。月亮皎潔的一面十分耀眼，那是因為，她從未見過月亮的背面。在那個照不到光的地方，才是一個人最真實的模樣。

但是，沈梅香為了把這份黑暗隱藏起來，而裝瘋賣傻，讓翠玉傷心透頂。這究竟是溫柔，還是殘忍呢。

只是允文總覺得，沈梅香對翠玉太沒有信心了。以他對翠玉的理解，翠玉就算看到了月亮的暗面，也會提著燈把它照亮。要是燈照不亮，她就會燃燒自己來照亮。她就是那樣的少女。在沈梅香的事上，她純真、直率的熱情不會有枯竭的一天。

允文原本並不相信，姊妹之間也可以有這般純潔的友誼。但是看著翠玉跟梅香，他總能燃起希望。而這份希望，對他個人而言有重要性。

不，翠玉會怎麼做，沈梅香也很清楚吧，又何須輪到允文來提點呢……就算如此，沈梅香依然想維護她在翠玉心中的模樣，這就是她回應翠玉情感的方式吧。

允文會執行沈梅香的計畫，同時努力保住沈梅香的性命。他不想看到沈梅香為他人醜陋的貪婪賠上性命，他也不想看到翠玉的堅毅有崩解的一日。他總覺得，要是有那一天來到，他心中的某些東西也會跟著崩解。

那東西或許是對人類的信任，又或是，其他情感。

*

翠玉發現，香香有時會打自己的肚子。她不知道這是怎麼回事，每次發現時都嚇得不輕，趕緊阻止香香。翠玉不擔心香香腹內的小孩，她怕的是，香香會因此受傷。她發現香香又在打自己肚子時，她會趕緊拉住香香的手。

「不要打。」翠玉湊得很近。「你懷孕了，肚子裡有小寶寶，你知道嗎？」

香香停手，但是臉色有些臭。只是這次阻止了，往後又可能會再發生。翠玉只好睡在香香旁邊，如此警戒了好多個月。這陣子香香嘔吐、吃飯、上廁所，都由翠玉協助。翠玉協助時，香香多半配合。但是翠玉要制止香香時，香香的臉色都不大好看，有時還會嚶嚶嗚嗚地對翠玉生氣。翠玉只能忍。但她知道，如今這個新的香香，已經討厭她了。

一個月前，允文和翠玉說，計畫有變，小孩必須生下來。他會負責對付五通，但是小孩必須生下。

翠玉對胎兒懷抱著複雜的感情，她一方面知道，這是蕭少爺的罪惡之子；但也懷著僥倖，心想孩子或許會有他自己的樣子，在還未看見前，不可妄下評斷。即便這是令香香痛苦的小孩，他畢竟也是香香的孩子，他也有不由自主的身世，就和她們兩個一樣。

這天半夜，外頭下著小雨，香香躺在床上，翠玉躺在她床邊的地上。她在半夢半醒間，聽到香香的哀號聲，她原以為香香又在對自己動手，一掀開棉被，卻發現香香抱著肚子，表情痛苦，豆大的汗珠從她額間流下。

香香要生了。

*

洋房外傳來淅瀝雨聲，允文準備了許多乾淨的毛巾、剪刀、還有許多翠玉看不懂的器具。允文一邊布置，一邊指示翠玉在盆子裡裝水。允文又堆了幾個枕頭，調整香香的姿勢，並把棉被拉到一邊。

由於他們已經預期這一天的到來，允文曾經向翠玉交代過注意事項。蕭少爺循著血緣追到這裡來時，允文會負責面對他，但是，難保來的只有蕭少爺一個。當允文對付蕭少爺、分身乏術之時，阿窗婆可能會利用這個縫隙奪走小孩與香香。翠玉的任務就是要守住她們，照料好剛生產完脆弱的香香，以及不要讓阿窗婆帶走香香。

「但是嬰兒一出生，蕭少爺的力量不就會因此變強嗎？這樣你能對付蕭少爺嗎？」翠玉問。

「我會使用一些方法，阻隔蕭少爺與嬰兒，讓他無法附身到嬰兒身上，也無法從嬰兒身上獲得力量。我可以利用這段時間攻擊他。這裡就交給你了。」

允文說。他給了翠玉一把小刀。

因此如今，翠玉協助香香生產的同時，也在警戒著蕭少爺的出現。嬰兒出世的那一刻，蕭少爺即會抵達，後續便由翠玉接手。

允文指引香香，儘管香香可能無法聽懂，但用允文的語氣，或許能讓她明白幾分。香香的表情變得痛苦，面色蒼白，看上去更加虛弱。香香若是隨時眼睛一翻昏過去，她也不意外。

雖然允文似乎對於生產有所準備，但翠玉猜測，他實際執行恐怕還是第一次。翠玉不由得感到緊張，雖然她想相信允文，但是這個學漢醫的術士，真的能確保香香安然無事嗎？不，翠玉也知道，她的擔憂，並非是針對允文。就算是身經百戰的助產士來幫香香生產，她還是會質疑對方——並非因為對方真的不可靠，而是因為翠玉實在太過擔憂香香了。因為憂心忡忡，便會患得患失。

她知道生產是女性最脆弱的時刻。她和香香誕生時，都有阿窗婆協助接生，翠玉聽母親提起好幾次。母親總愛說，翠玉一開始生出來時還不哭，一度嚇死了大家，她還是在阿窗婆打了她之後才哭的，要好好感謝阿窗婆。

在這種時候想起阿窗婆，讓翠玉無比傷感。正是因為阿窗婆，香香才要忍受如今的生產之苦。

她曾經想過，她們或許早晚都要步上女人的命運，走到生產這一步。但是香香的這一刻，來得太急、太快了。她們彷彿昨天還一同在學校裡讀書，沒過幾天，香香便結了婚、懷了孕。然後迎來生育。時間簡直太過殘酷，完全不等待她們以自己的步調慢慢成熟、綻放、結果。

生產中的香香發出哀嚎聲，翠玉緊握她的手，像是出嫁那天一般。香香應該已經不記得了，不過沒關係，她還記得。翠玉試圖把她微弱的鼓勵，透過手心傳給香香。

雨聲時大時小，雨聲大時，翠玉感覺雨珠彷彿落在她心上，預示著不祥之兆。雨聲小時，她則願意有點耐心，細細等待結果。

生育過程很漫長，加上翠玉緊張透頂，她覺得好像有一整天那麼長。在她被疲憊席捲之前，嬰兒誕生了。

「出來了！」允文捧起剛從香香腹內出生的嬰兒，嬰兒並沒有哭。允文將嬰兒換了姿勢，嬰兒依然沒有開始呼吸。翠玉想起母親說過的話，將嬰兒接過來拍打屁股。

嬰兒依然沉默。這時，翠玉感覺到手中嬰兒的身子逐漸冷卻，顏色逐漸轉黑。嬰兒不只沒有呼吸，他甚至沒有任何動作。他的眼睛靜靜閉著，小手掌與小腳也沒有任何自主的擺動或揮舞。

這嬰兒不像是活著。

翠玉的背脊發涼，守護了這麼久，守到一個死孩兒……？

翠玉依然在震驚中，卻感覺空氣被淒厲的聲音劃過。

「什麼——？」

翠玉聞言抬頭，眼神恰巧對上蕭少爺的雙眼。剛剛還未看見蕭少爺，他是一瞬間突然出現在翠玉旁邊的。翠玉下意識摟緊了嬰兒，往後退了半步。

剛剛還在香香身側的允文衝上前，順勢擋在翠玉面前。蕭少爺反應不及，他的身子瞬間被允文一把抓住，電光石火間，蕭少爺整個人被拋出窗外，落在產房的一段距離外。允文也迅速往外追，接著，翠玉看到外面傳來爆炸聲，洋房因爆炸聲而產生些許搖晃，房間內粉塵瀰漫，讓翠玉看不清外面的情景。

翠玉趕緊躲到香香旁邊，待粉塵消散後，她去確認門。香香示意要跟翠玉討東西，翠玉不明白要討什麼，她巡香香的眼神看去，才發現香香要討嬰兒。翠玉一邊發著抖，一邊把死嬰洗淨，用布抱住，只露出一小方嬰兒的臉，交給香香，一邊祈禱香香不要發現。

香香接過嬰兒，只是陶醉地看著嬰兒笑。

這時剛鎖上的門打開了。門後，站的是駝著背的阿窗婆。阿窗婆的笑容依然令人懷念，她手上的金玉鐲，也轉出令人熟悉的光彩。翠玉想起上一次在蕭少爺的地盤時，阿窗婆拉攏她的樣子。她這次不會再上當了。

翠玉瞬間後退到香香身旁，拿出允文給她的小刀放在身後。她把刀捏得很緊，設想阿窗婆要是撲過來，她該如何反應。

「啊，真懷念啊。你們兩個都是我接生的呢。」阿窗婆悠悠的說。翠玉現在最怕聽到這種話，尤其她剛剛才想起阿窗婆接生的事。

「那天也是下雨，你又不哭……」

翠玉就知道阿窗婆又要講那一段，她完全不想憶起，不想她的出生在這種難堪的時刻，被拿出來賣弄。「那跟今天的事沒關係吧。我們這邊不歡迎客人，請您走吧。」

「我不是客人呀，把孩子給我吧，我想看看香香的孩子長什麼樣子。」阿窗婆伸出手，像是很熟練的，要抱小孩子的樣子。翠玉擋在她跟香香之間。阻止阿窗婆再靠近一步。

「她都已經『變成那樣』了，你還要守著她？」阿窗婆指指香香。看來她很快看出香香的異狀了。

——又或是，她早就知道了。

翠玉對於阿窗婆的說法很生氣，仍成功壓抑住自己的衝動。她現在要是衝動，就表示她還無法沉住氣。

阿窗婆已經年邁，若是打起來，翠玉無疑占上風。她需要在這裡，等到允文打倒蕭少爺。這段時間裡，只要她不屈服於阿窗婆，那便沒問題了。

但是，說起來簡單，做起來並沒有想像中容易。這是翠玉從小到大，第一次下定決心要反抗阿窗婆。可是她的身體已經習慣了，阿窗婆熟悉的嗓音說出的每一句話，都像是在誘惑著她。順從她從小到大的習性，聽從那些話，對翠玉而言會輕鬆許多。

或者，她使用另外一個方式，那可以讓她不必面對阿窗婆。但翠玉還不打算那麼做。那太莽撞，也太衝動。而且，翠玉總覺得要是選擇了那個方式，就代表她承認自己沒有跟阿窗婆對峙的能力，代表另一種認輸。

「香香會變成這樣，還不是你們害的。你還有臉說。」

「火氣別這麼大嘛，我只是想看看她們母子倆啊。」阿窗婆又往前踏了一步。翠玉把香香護得更緊了。阿窗婆環視著產房，饒有餘裕的問：「看來你幫了很大的忙呢，你剛剛應該很辛苦吧？」

翠玉沒有回答。

「你現在很像樣了啊。」阿窗婆沒頭沒尾的說了一句。翠玉不懂她的意思。

「什麼？」

「當初你們表姊妹接連誕生之後，大家都很高興呢。雖然都是女兒，但是一個看起來很強壯，另一個則眉清目秀。當時你們父母都高興得不得了，很期待你們的未來。」

果然，這是翠玉最不想聽到的話。阿窗婆悠哉地說著，翠玉的心卻會不禁揪緊。就算她知道這都是話術，但她依然記得，她和父母、舅舅一家有過親密的時光。那是她如今想要埋起來的回憶。

「你如今果然長大了啊。長到可以照顧香香的程度，」阿窗婆說話時眼睛帶笑，眼角的皺紋跟著縮起。「還可以把我們耍得團團轉。真是不容易呢。」

阿窗婆的眼神有點嚇人，翠玉手抖了一下。她希望阿窗婆沒有看見，但阿窗婆似乎都看在眼裡。

「翠玉啊，你還記得我說的話嗎。我說你『將來是要做大事的人』那句話。」

翠玉點頭也不是，搖頭也不是。她一直記得啊，從小就熟記，已經成為她的一部分了。

「你應該不會忘記吧。因為我看你那時候，好開心呢。不過，你知道這句話是什麼意思嗎？」阿窗婆看上去似乎很高興。「香香是『振興沈家的關鍵』，而你則是『可以做大事的人』。你如今已經解出香香那句的意義，但是對你自己的，你卻不了解。」

翠玉知道這時她不應該被勾起好奇心。但是這句話，她好想知道——在翠玉心中，她曾覺得，是這句話改變了她。以往她總覺得，自己在家裡就是低人一等。是阿窗婆這句話，讓她覺得，她也是那種可以擁有預兆的，特別的人了。彷彿從此以後，她就可以跟香香平起平坐。

這句話曾經在很多時候鼓舞了她。但是悲傷的是，翠玉自己並不能決定這句話的意義。這句話是阿窗婆說的，只有她知道真正的意思是什麼。

翠玉感覺屬於自己生命一部分的東西，正被握在阿窗婆手中。而這樣東西，具有可以控制她的力量。

「其實，我原本想讓你輔佐沈家的。」阿窗婆緩緩的說，翠玉對於她的語氣有些驚訝，聽得出來，阿窗婆是真的有些傷心。

阿窗婆舉起戴著金玉鐲的那隻手。金玉鐲依然閃著金光，十年來如一日。「我那時把這個金玉鐲放到你手上，但你居然對它一點興趣也沒有。小孩子在你那個年紀，最容易對這種金金亮亮的東西感興趣了。我那時就發現了，你是一個特別的孩子。你不像香香，特別得很出色。但是你的特別，很重要。你是那種正直、誠實，不容易受到外界干擾的孩子。」阿窗婆偏著頭緩緩的說。翠玉一時之間，錯以為在她身上，看到了穿過甘蔗田的午後陽光。

「可惜，沈家人從來就沒有發現。他們不知道，只要給你時間，你真的能完成讓所有人大吃一驚的事。現在不就是嗎。我從來沒有想過，你有能力擋在我的面前。」阿窗婆的語氣很傷感，彷彿連她自己也沉浸在感慨之中。

那句話延伸出去的，原來是這樣的真相嗎？翠玉愣在原地。如果可能，她確實是不想和阿窗婆、不想和沈家人做對的。但是不知不覺中，她卻走到了對面，成了他們的敵人。

「不過如今說這些都沒有用了。」

在翠玉發愣的時間，阿窗婆兩三步衝上前，拿著刀刺向翠玉。翠玉趕緊閃開，刀刺中了翠玉的衣服，把翠玉的衣角固定在牆上。翠玉拔起刀，這才發現，阿窗婆已經藉機架著香香。香香似乎搞不清楚狀況，懷中抱著死嬰的她，張大眼睛看著阿窗婆，並沒有反抗。

窗外又傳來一聲巨響，似乎是允文與蕭少爺還在激戰。

她只是鬆懈了一下，局勢便逆轉了。阿窗婆維持著這個姿勢，慢慢往門外退。

「等一下。」翠玉說。

「為什麼還要等呢？」阿窗婆轉向香香：「我們一起走，我帶你去找好玩的東西，好不好呀，香香？」香香笑著點了點頭。

阿窗婆又指了翠玉：「丟下她也沒關係？」香香露出了往常被翠玉制止時，會有的警戒表情，再度點點頭。抱緊了懷中的嬰兒。

如果香香願意反抗，那或許還有機會。但如果香香配合阿窗婆，那就沒有辦法了。

該怎麼辦？

翠玉氣自己，剛剛居然又被阿窗婆牽著走。如今阿窗婆已經架著香香，既然阿窗婆知道怎麼來，應該也知道怎麼離開。萬一她趁這時帶走了香香，那蕭少爺只要及時撤退，他們仍是輸了。這一個嬰兒是死嬰，但是香香一旦回去，就會有下一個、下下一個。屆時他們將無法阻止蕭少爺的肉身誕生。

翠玉所剩的機會不多，她要想想，怎麼利用有限的時間奪回香香。但是現在的香香，又讓她感到萬分陌生、無從施力。

「既然你們都要走了，我想確認一件事。」翠玉試著開口，她努力讓自己語氣平和，看起來不像是在圖謀什麼。「蕭少爺的真實身分是五通吧？」

「你們知道了，果然不簡單啊。」阿窗婆並沒有拒絕對話，翠玉認為成功一半了。

「既然蕭少爺是五通，那就有一點說不通。」翠玉堅定地看著阿窗婆。「在五通的傳說中，五通只要潛入女子的房間，就可以與那名女子結合，並讓她懷孕，不需要經過正式的婚禮儀式──既然如此，為什麼要大費周章地，把香香嫁給蕭少爺？」

其實當初允文提出這個問題時，翠玉也很困惑。確實，按照五通過去的故事，應該不需要經過結婚這道過程才對。她那時試著想像，要是五通入香香的夢，那會發生什麼事。她當時無法想像出來，她如今知道，這種無法想像，正是關鍵。

因為那種狀況，確實不可能會發生。

「名不正言不順啊，現在是文明社會，不能像過去那樣做事了。」阿窗婆微笑著說。

「不是因為這個原因吧？」翠玉的聲音相當肯定。阿窗婆瞇起眼睛，看著翠玉的眼神有了改變。

「你想說什麼？」阿窗婆又往後退了一步，她開始有些失去耐性了。

「實際上是因為，必須這麼做吧。你們要把香香獻給五通神，但是香香身上有什麼原因，讓五通神無法直接依憑到她身上。因此才必須讓香香出嫁，演出這麼大一齣戲，甚至引起警察的關注。這些都不是你們自願的，你們是『不得不這麼做』。」翠玉努力保持冷靜，她的每個字句擲地有聲。

「就當作是吧，那又如何？」阿窗婆前幾句還願意配合，這時似乎理解到，這番對話對她來說沒有必要。

「這是因為，香香的精神過於強悍，讓五通無法入夢。所以你們不得不採取這種迂迴的方式。——我沒說錯吧？」翠玉雙眼毫不畏懼的，盯著阿窗婆。

事到如今，她終於有辦法這麼看著她了。

翠玉這番推論，這是她自己在腦中產生的，用來擊破阿窗婆的武器。她稍早面對阿窗婆的猶豫與畏縮，是因為她不知道該用什麼樣的態度，來面對阿窗婆——但是事到如今，她有了這些想法，這些針對阿窗婆的推測。這讓翠玉覺得，她並非赤身裸體站在阿窗婆面前。她是能與之對抗的。

阿窗婆嘴角牽動了一下，似乎是在笑。

「對，你沒說錯。」阿窗婆承認得很坦然。「不是沒試過啊，但就是進不去。你們現在的女人多沒法度，上學、隨便上街、私奔。跟以前三從四德的女人差太多了。就是因為這種惡劣的風氣，才使得女人們驕傲自大。你，跟香香，都是一個樣。所以我才叫你母親送你們去家政女學校，別去高女。萬一去高女，那會驕傲成什麼樣子？女人都不像女人了。」

「所以你們透過婚姻摧殘香香，讓她變成你們心目中的女人。」翠玉的目光沒有移開阿窗婆身上。

「那也是香香同意的。是香香接受了她作為新娘的本分，所以少爺才能夠得到她。我們成功了。她輸了。」阿窗婆的語氣開始有點火氣，她確實在意這件事。

「不是，香香沒有輸。不是說因為香香大意，所以成為了五通的獵物。而是你們利用了她。你們利用了香香從小到大對沈家的信任，欺騙了香香。因為香香曾經珍惜沈家，所以她才會被舅舅的話傷害。你們這不是成功，而是欺騙，是利用，沒有什麼好誇耀的。」翠玉拿出氣勢肯定的說。

只能賭一把了。

「所以，香香沒有輸。香香從來就沒有輸。香香以她的精神力，成功迫使你們改變策略。這是她的成功。她在五通的幻境中找到變形的方式，這也是她的成功。她一直都沒有輸。但是，她要是現在屈服，那才是真的輸了。」

翠玉深吸一口氣。大聲喊出口。

「聽到了嗎？香香！」

翠玉並不是真的想問出真相。她早就知道了。

她也不是真的想跟阿窗婆討論。

她只是，想把這個想法傳達給香香。

阿窗婆懷中的香香眨了眨眼，看向翠玉，露出了一個意味深長的笑容。

「不愧是你啊。」

香香猛力拿起懷中的死嬰，朝阿窗婆側臉一砸。阿窗婆沒想到會遭遇重擊，倒在了地上，昏了過去。

「允文的藥真有效。」香香走到翠玉身側，並沒有剛生產完的產婦應有的虛弱。翠玉看著香香，依然覺得不敢置信，兩行清淚輕易流了下來。香香轉向翠玉，白皙的雙手撫上翠玉的臉龐，溫柔地抹去淚水。

「我只是賭一把，沒有想到……太好了……」翠玉哽咽著說。她雖然有許多問題想問香香，也覺得香香這段時間待她不公平，但只要看到香香熟悉的笑，她便覺得都沒關係了。香香回來就好。

香香似乎想要道歉，翠玉搖了搖頭。這時，強烈的震波從洋房外傳來。這一次的震盪比前兩次都要大，地板為之震動，吊燈也被搖晃得發出聲音，桌上的餐具被搖了下來，天花板也落下粉塵。

翠玉拉緊了香香的手往外走。

*

香香的步伐緩慢，翠玉背起了香香。雨已經停了。翠玉第一次來到洋房的外頭，洋房外是一片遼闊的平原，平原上劃分成不同區域，種著各色花朵。翠玉無暇細看，只知道那些花朵，如今都因為沾了雨水，而變得嬌嫩。

有些地方的花朵，則因為受到震波衝擊，謝了一地。

翠玉想到負傷的允文，他這次的傷口大概會比上次更多吧。她只希望他終究平安就好。

翠玉背著香香行走時，感覺到上方有東西不斷落下。那些東西的形狀是白色輕薄的碎片，但是既不是雨水，也不是雪，翠玉抓了一片在手上，白色不透明的薄片，像是脫落下來的白牆碎片。那東西鋪滿了地上，也落在花朵上頭。

在越接近震波中心的方向，白色碎片掉得更加頻繁。翠玉朝著那方向走去。

產生爆炸的那個源頭，瀰漫著一片黑霧。黑霧的中心，橫躺著一條白色的巨蛇。儘管為霧氣遮掩，巨蛇的白銀色鱗片仍閃爍著亮光，晶瑩得像是璀璨的寶石。

翠玉沒有見到允文，也沒有見到蕭少爺。

他們去了哪裡，這隻白蛇，又是怎麼回事——？

翠玉光從殘留的現場，看不出發生了什麼事。她只覺得，那隻白蛇看起來很眼熟，但又說不上來為何眼熟。

「那是允文。」翠玉聽到靠在自己身上的香香說。

「你記得我們離開蕭少爺那裡時，出現的那道白光嗎？」

香香一提醒，翠玉才想到，她為什麼會覺得白蛇眼熟。翠玉那時在井中看見耀眼白光，困惑著為何白光會彎曲。但若說是蛇，那便合理了。她還記得當時那富有生命力的搖動，令她聯想到的，應該就是蛇。

但是，要說允文就是這隻蛇，翠玉依然反應不過來。

那個理性的青年術士，怎麼可能會是一隻蛇？

翠玉把香香放下，緩緩接近巨蛇。她這才發現，巨蛇身上有多處傷口，鮮紅色的血從傷口中汩汩流出。巨蛇的頭，約有她半個身子高，巨蛇的身長，則足以纏繞洋房一圈。面對如此龐然大物，翠玉心中暗暗有些害怕。

巨蛇身受重傷，似乎難以動彈。牠看到翠玉接近時，眼神依然銳利，似乎並未因為翠玉而緩和。翠玉耳中傳來巨蛇發出的嘶嘶低鳴，似是警戒。

翠玉試圖在巨蛇身上，尋找可以讓她想起允文的跡象。但想也知道是徒勞無功，兩者差異如此之巨大，怎麼可能讓翠玉找到關聯。

「是我啊，我是翠玉。你不認得我了嗎？」

巨蛇沒有理會她，依然保持著警戒姿態。翠玉完全無法跟巨蛇溝通，又怎麼能確定他是不是允文呢？

翠玉四處張望，依然沒有看到蕭少爺。若巨蛇就是允文，那麼現在應該是撤退的好時機。不過這一點，允文自身應該更清楚吧。他若同時具有人形與蛇形，應該可以在兩者之間自由切換吧？為何現在卻不行呢，發生了什麼事？可惡，這傢伙說了那麼多不重要的事情，最重要的事情卻略過不提。

——是蛇要先說啊，這樣要怎麼救你呢。

翠玉站在巨蛇面前，跟無法說話的巨蛇抱怨。連她也覺得自己的舉止十分荒謬。

不過允文沒有事先交代，恐怕是因為，他不認為有這個必要。也就是說，現在的狀況，是允文自己也始料未及的。是因為傷得太重，所以無法自行恢復為人形嗎？

翠玉努力裝得勇敢一些，緩步接近巨蛇。巨蛇發出激烈的嘶嘶聲，扭動了龐大的身子，張大雙目瞪著翠玉。翠玉不得不往後退了一步。

翠玉在原地佇立良久，雖然她很想幫忙，她卻使不上力。翠玉閉上眼思考，這時，在腦中聽到一個熟悉的聲音。

「救我。」

是允文的聲音。但是翠玉張開眼，眼前的巨蛇仍是巨蛇，身上布滿傷口，痛苦而無力，沒有絲毫人性的巨蛇。

但翠玉相信，剛剛那一聲是允文所發出的求救。上一次她被允文所救，這一次，輪到她了。

翠玉再度走近，巨蛇張開大口，露出利牙，似乎是進一步的威嚇。然而由於身受重傷，這似乎已經是巨蛇的極限。翠玉走到巨蛇旁邊，伸出手輕輕的撫摸著巨蛇的鱗片。

「沒事了。我來救你了。」

翠玉知道自己這麼做，是完全不理智的。但是假如這已經是她見到允文的最後一面，她不要以陌生、敵對的姿態作終。她與這個青年相伴數月，知道他向來都有所節制，輕巧的迴避自己的傷口，掩飾令人詫異的身分，彷彿自己的事，都可以不重要——卻對他人的苦難如此認真。青年溫和有禮的笑容，底下不知隱瞞了多少不足為外人道的心事，令翠玉想來，胸口隱隱作痛。

就如同方才，他也是把安全的工作丟給了翠玉，自己孤身迎戰邪神。如今巨蛇身上多處傷口，翠玉知道，這是他替她們受的。那麼他現在的痛苦，她也應當負起責任。

「謝謝你。」

巨蛇似乎依然不安，翠玉把身體輕輕靠在蛇頭上，想通過觸碰，來傳遞她的心情。巨蛇身上的鱗片冰冰涼涼的，宛如清水。

「我來了，我們一起離開吧。」翠玉觸碰著的那一塊鱗片，彷彿因為她而有了溫度。翠玉感覺到巨蛇不再扭動身子，整個安靜了下來，騷動的情緒緩緩停歇。

安靜的巨蛇在翠玉眼前發出光亮，逐漸變形，變回了翠玉熟悉的青年模樣。翠玉欣喜若狂，太好了，果然是允文——她差點想抱住允文，才想起允文並非女孩子，這麼做並不合適。

允文的襯衫有多處破洞，可以看到肌膚上的傷口。翠玉拍拍允文的臉，他咳了幾聲，逐漸睜開眼睛。黑色的清澈雙瞳中，映出翠玉的臉龐。他坐起身，像是剛從夢中醒來。

「我怎麼了……？」

「你剛剛和五通神對決。但是我沒看到五通神，你解決祂了？」

允文抬起頭，直視著前方，看起來似乎看向空中，又像是在回想剛剛的情景。

「五通還在這裡，快走。」

允文拉起翠玉的手，正要穿出黑霧，身上傳來一陣疼痛。翠玉扶起允文，朝著她進來的方向走。允文見到香香後，示意香香往左前方走。左前方有一面山，面對他們的一整片山壁，平滑而微微反光。

「那就是門，快出去。」

允文讓香香與翠玉先穿過山壁，他押後。翠玉原以為山壁是一片夯實的面，沒想到伸出手，卻能輕易地穿過去。她扶著香香穿過了牆面，從外面看，山壁與另一面十分相似，同樣散發著微光。允文從山壁的另一側穿過來，朝山壁施術，山壁的微光便消失得無影無蹤。

「好了，這樣便永遠把五通鎖在裡面了——雖然我也無處可去了。」

允文淡淡的說。翠玉這才意識到，原來她所待的允文的洋房，實際上也是另一個世界。就像是蕭少爺的地盤那樣。

翠玉回看他們穿過的那片山壁，她感到十分熟悉。雖然，她當初看到山壁時，已是黃昏，但這裡的地景，以及這面獨特的平滑山壁，她沒有記錯。

這裡是蠔鏡窗。

八

三人從蠔鏡窗下來後，跑了一趟病院。允文儘管身上有千瘡百孔，精神很快就恢復了。他到病院去，主要是去接受包紮的。允文的洋房已毀，屬於允文的地盤也崩塌，讓他無法再回去，只好求救於現代西醫。雖然翠玉覺得，妖異到病院接受包紮似乎很奇怪，但醫生並沒有發現異樣，允文也表現得很理所當然。

五通並沒有被徹底打敗，允文只是把五通封印在他原有的地盤內。根據允文所言，在雙方對決時，他把五通神弄到支離破碎。破碎的五通神難以在短時間內聚集、恢復成原貌，允文將祂封鎖在異界，也斷絕了祂與現世的聯繫。——雖然無法徹底根絕，但至少能夠大幅削弱他的力量。在香香有生育能力的年歲，五通都無法再對香香出手。但是，在五通沒有孩子可附身的狀況下，允文都快應付不過來了，若是孩子健康平安，允文恐怕無法成功封印住五通。這點，還要感謝香香的點子。

翠玉和允文正在北上的火車列車上，香香睡著了，臥躺在翠玉腿上。允文坐在翠玉對面，他又變回清涼如玉的青年樣貌，令人難以想像，眼前的文弱青年，其真身是足以吞噬人的巨蛇。兩人聊起五通神的事，翠玉想起那個在她手中逐漸冰冷的嬰兒。

「所以香香孩子的死亡……」

「那是沈梅香的意思。她要我製造難產，讓嬰兒剛好在出生時死亡。這樣一來，五通會因為血緣的連結被召喚過來，但又沒有嬰兒可以依附。這種虛弱的狀態，正是打敗他的好時機。不過刻意的難產容易造成母子雙亡，其實非常危險，這是一步險棋。」允文呼了一口氣。「幸好，後來沒事。」

「嗯，幸好沒事。」翠玉附不敢想，她差一點就要失去香香了。

允文所言，透露出他事先已經知道香香沒瘋，甚至兩人還討論了計畫。翠玉有點不高興，這麼重要的事情，居然沒有告訴她，讓她白擔心了好幾個月。

「不過香香的事，為什麼事先不告訴我？要不是我在阿窗婆架著她時，猜出香香其實沒瘋，把她勸下來，香香可能已經跟著阿窗婆走了。」

要是那樣的事情發生了，翠玉絕對不會原諒自己的。

「不過，你發現了，她很開心喔。」允文指了指翠玉懷中熟睡的香香。又繼續看向窗外，一道道樹影從他眼前掠過。

「等等，這麼說來，香香從頭到尾都是清醒的。也就是說，她是自願跟阿窗婆回去嗎？」翠玉低下頭，撫著香香的頭髮。「你到底在想什麼啊……」

「那是她原本的打算。不過，現狀就是你目前見到的這個樣子。她最後選擇跟你一起走。就是你那一番話，打動了她。」允文頑皮的笑了。「所以，要好好珍惜她啊。」

翠玉皺眉，這不是廢話嗎。

「不過，你剛剛說五通變得支離破碎……所以那一團環繞住你的黑霧，就是五通嗎？」翠玉想起她走向巨蛇那時，環繞在巨蛇旁邊的黑氣。相似的氣，她也曾在被蕭少爺抓住時感受過。

「你看到了？」

「嗯。」

「那麼你也看到了……」

允文臉上微微泛紅，翠玉知道允文說的，是他的蛇形，但她不懂，允文為什麼會露出這樣的表情。翠玉誠實的點了點頭。

「果然啊。」允文低著頭，嘆了口氣。「你應該覺得，很……算了。」允文又嘆了一口氣，很沮喪的樣子。

「很美喔。」翠玉真誠地說。

允文驚訝看著翠玉，對她的話感到很意外。翠玉有些不解，這樣的意外從何而來，只覺得是自己有責任需要說明清楚。「白銀色的鱗片，像是鑲在身上的發光寶石，很美麗啊。」

「你不會覺得，很害怕嗎……？」

允文的語氣很小心，翠玉搖了搖頭。「如果說害怕的話，當時應該比較怕你死掉吧，畢竟你那時流了那麼多血……我差點以為你要死了……」

允文露出苦笑。

「其實啊，我也以為我要死了。老實說，雖然我是妖異，但五通畢竟是神明，我不見得有多少勝算。只能仰賴我還算強而有力的原型，跟他一拚。可是啊，我可能用力太猛了。」允文別過頭，俊秀的臉龐蒙上一層陰影。

「我那時的感覺，像是沉到很深的水裡，聽不太見外面的聲音，也看不見外面的景物。我被過去的陰影包圍，好像能聽到人們罵我的聲音，看到人們不屑的眼神……我想逃離，卻無法移動，我已經失去對自己身體的掌控力。但是在那時，我聽到一個聲音，很溫暖的聲音。」

允文說到這裡，眼光輕輕的掃過翠玉。翠玉不自覺的低下頭。

「如果沒有那個聲音，我可能就永遠待在水裡了。那個聲音很溫暖，很熟悉，看起來像是一道光。讓我覺得，人間也是有值得留戀的東西嘛……」允文感性地說出口之後，像彷彿意識到什麼，急忙收起臉上的表情。

「不對，我在做什麼啊。說這個幹什麼……」允文轉頭看向窗外，裝得像是若無其事一般。翠玉注意到他的耳根，早已經變得緋紅。

明亮的陽光照進車窗內，映在青年的臉上。青年的側臉十分好看，細長的睫毛下，有著真摯且專注的眼神。眼前的青年太過耀眼，耀眼到翠玉想起了他宛若虛幻的出身，因而感到一陣突如其來的悲傷。

青年就在眼前，但他太過不可思議，像是隨時會消失……

翠玉心中有著強烈的、想要觸碰青年的衝動。她壓了下來。事情已經結束，若允文有自己的打算，她也難以挽留。她只是迴避著提起這件事。她幽幽說起到臺北之後的規畫。她可以去珈琲店當女給，香香可以當車掌，天天坐車。兩人賺夠了一點錢，就去開洋裁店，憑香香的手藝，一定會很受歡迎。至於允文嘛，允文那麼愛講道理，不如就去當教書先生好了。翠玉在這句話中，偷偷想像了有允文的未來。

允文聞言笑了，並沒有出聲否認。

然後，在城市裡，或許香香可以談一場戀愛。真正的戀愛。

翠玉記得，香香曾經在提到戀愛時，露出害羞的表情。或許，這也是她的願望之一吧。到了另一個城市，沒有人會知道香香的過去，沒有人會知道香香生過小孩。在陌生的大城市裡，她們可以重新開始，把生命中曾有過的遺憾，完完整整地活回來。

火車駛過大橋。橋下是寬闊的河流，遼闊的河床上有幾道水流，水流在橋下匯集，一齊流向大海。翠玉雖然無法望見大海，但看著奔騰的水流，她的內心便十分振奮。眼前的情景對她而言別具意義，她可以盡情讚嘆，盡情歌詠，都沒有關係。她的雙眼彷彿終於屬於自己，她可以決定自己的想法，也可以決定自己的命運。

這是第一次，她獲得了真正的自由。

翠玉懷中閉上雙眼的香香動了一下，彷彿共享著這份自由的領悟。

九

阿窗婆在一片瓦礫中，撿起了裹成一團的嬰兒。這個空間裡，頂上的白色碎片還在持續落下，宛若細雪。阿窗婆醒來之後，便急急尋找那個嬰兒。嬰兒沒有被香香和翠玉帶走，但是嬰兒的臉，已是一片紫黑，它沒有任何呼吸。

這應該不是打她的那一下導致的。阿窗婆大概知道是怎麼一回事了。真是的，太亂來了。這可不是香香一個人的孩子，而是整個沈家的孩子啊，居然如此恣意妄為。

阿窗婆曾經把希望寄託在她們身上。可惜，應該是新時代的浪潮改變了她們吧。過去的女人們總是差不多的，但現代的女人卻有許多特立獨行的舉動與奇異的想法，這導致了她的失敗——不過沒關係，總會有下一個。

阿窗婆的手撫上嬰兒的雙眼。若這嬰兒是一般人類，她或許無法做到，但孩子畢竟不是普通人類，而是神的子嗣。

她充滿皺摺的手掌移開時，嬰兒睜開了眼睛。烏亮的眼睛直視著前方，紫黑皮膚漸漸有了血色，宛若未曾死亡。

嬰兒的性別是女孩，這不是最好的結果，但也不是無可挽回的結果。五通還在，只是需要一點時間，才能取回力量。取回力量的素材，如今已經準備好了。接下來只需要等待。

只要有新生命，便可以不斷繁衍下去。「家族」這種制度的好處是，永遠都會為她提供新的生命，新的娃娃。這些娃娃純真未受汙染，可以隨意雕刻成自己想要的樣子。要他們做什麼，他們就會做什麼。他們沒有能力反抗，也不想反抗。只要不像香香和翠玉那般受到外部汙染，他們將永遠是屬於家族的。身心都是。

既然香香與翠玉厭惡五通，那麼這一回，她要讓這個孩子從小親近五通。這一次的失敗，將促成她下一次的成功。下一批娃娃，不只沒有反抗的能力，也不會有反抗的意念。她會從最根部斷絕這種可能。

阿窗婆陶醉在她的計畫之中。她繼承了來自過去的神聖使命，並打算將這個使命傳到未來。

只要把應當繼承的意念灌輸給娃娃們，他們就會懷抱著那個意念長大，直到老死。在那之前，再把繼承之物傳給下一代。

就像她當初教育沈寒天與沈寒冰兄妹一樣。

周而復始，生生不息……這就是超越時間，最好的方式了。

後記

小時候，我們家有半套光復書局的《二十一世紀世界童話精選》，一共六十冊。其中《蛇郎君》的那一本，破損最為嚴重。好幾頁內頁脫落了，只好夾在書頁間。我很傷心，因為我很喜歡那本《蛇郎君》的插畫，但它會破成這樣，也是因為我的喜歡，我實在翻太多次了，而年幼的小孩還沒有能力小心翼翼對待經常翻閱的書。

這次有機會改寫《蛇郎君》，我時常想起那本童話書。直到今日，那本書的插圖依然印在我的腦海中，那本書的封面，是一張美麗的洞房花燭夜，蛇郎君與披上紅蓋頭的妹妹相對望。結尾，是姊姊羞憤的鑽進井裡的樣子。我也記得那個版本中，妹妹變身成小鳥後所唱的歌的歌詞：「羞，羞，姊姊羞，穿我衣，戴我帽，羞，羞，姊姊羞。」記憶之深刻與細緻，或許可以說明它對我的特殊意義。

其實現在想來，我會喜歡《蛇郎君》很合理。我當時是幼稚園年紀，讀了很多童話故事，最喜歡的故事，除了《蛇郎君》以外，就是《梁山伯與祝英台》。我媽聽到這個答案後，還笑我「怎麼都喜歡愛情故事」——我想，是因為在愛情故事中，才容易有女性登場。

若再考慮到族群身分，我覺得熟悉的就更少了。那套書裡漢文化的童話不多，只有《不吃蘿蔔吃婆婆》、《三兄弟與紫荊樹》跟《蛇郎君》三本。《不吃蘿蔔吃婆婆》的婆婆年紀太大，《三兄弟與紫荊樹》的主角是打算分家的三兄弟，只有《蛇郎君》的主角是年輕女生，身分跟我最接近。

也因為看的童話故事多，所以聽習慣了「姊姊醜陋邪惡、妹妹美麗善良」的劇情。灰姑娘就是如此。然而我在家是姊姊，聽到這樣的故事總覺得有點冤。我爸有時為了顧慮我的心情，在講睡前故事時，會有意識的把邪惡的姊姊代換成妹妹——通常聽完這樣的故事，我會睡得心安理得一些，不必無緣無故背負「壞姊姊」的汙名。

雖然我喜歡蛇郎君故事，但如今看來，我也能看出蛇郎君故事中的歧視：

蛇郎君也有個壞姊姊跟一個好妹妹，姊姊甚至壞到，不惜因為嫉妒而殺害親妹、搶奪妹妹的丈夫與富裕生活。這種情節可能有獻女的成分，認為女性必會互相爭奪男人，其中某些女性邪惡到只在乎男人和財富，不惜對親人痛下殺手。但事實上，以傳統的女性命運來說，最主要的威脅從來就不是來自於姊妹，反而是識人不明的父母、暴躁的丈夫或是刻薄的婆家。

但是蛇郎君故事卻擱置了這些威脅。父親是善良的，他出於對女兒的愛，誤採蛇郎君的花，因此被威脅要將女兒嫁給蛇郎君。兩個姊姊拒絕了，只有善良的妹妹接受嫁給蛇郎君。妹妹的孝順，不僅換來了父親的平安，還為自己換來了美好的婚姻。這說明了「孝順會有好報」。要是故事發展是「妹妹嫁給蛇郎君後，被蛇郎君吃了」，或是「妹妹嫁給蛇郎君，在這段沒有情感基礎的婚姻中感到痛苦」，那不是反而更合理嗎？

但是乘載傳統價值觀的蛇郎君故事，是不會這樣發展的——如此一來，不就是父親的錯了嗎？但故事裡的父親是不會錯的。

蛇郎君故事彷彿是對女兒們的約束，告訴女兒應該孝順父母、應該遵循父母所決定的婚約。這在傳統社會，這種秩序是相當重要的。兒女的婚約通常由雙方父母安排，要是兒女有太多意見，或者是有私情對象，反而會讓家族難堪。男性要是不滿意父母安排的對象，通常還可以娶妾或者是尋花問柳，但是女性卻相當弱勢。在明清小說中，常可以見到不順從父母婚姻安排的女兒，無路可走之下，只好選擇上吊。但是這些真實面，卻沒有出現在蛇郎君這個民間故事中。

我想蛇郎君這樣的故事，應該是可以用現代眼光來回應與改寫的。原故事中是姊妹謀殺，那麼我就想用「姊妹情誼」來回應。若將女性與女性之間，想像成「彼此競爭男性」這樣的關係，那就太過單薄了。我想用以回應的狀況，是姊妹彼此間有很強的情感連結，她們甚至不需要男性也可以生活。

在決定要改寫蛇郎君故事時，我很快就決定要把時代定在日治時期。原因是，這時代興起了許多「婚姻自主」的討論，年輕人們希望可以不必聽從父母之言媒妁之約，自由選擇結婚對象。這時也反省了傳統社會「聘金制度」的不合理，認為這麼做相當於「賣女兒」，而女性不應該是可以用金錢交易的。

但是新時代的來臨，似乎並沒有讓女性從婚姻中獲得解脫。由於女校的設立，女學生的身價金比一般更高。十分諷刺的，新式教育並沒有改變女性，反而成了女性在婚姻市場上的新籌碼。

蛇郎君故事中的婚姻，其實也是這種「條件交換」式的婚姻。傳統婚姻中的女方，是用女兒換取聘金，蛇郎君故事中的家庭，則是用女兒換取父親的平安。雖然交換的東西不同，但「女兒可以用以進行條件交換」的思維，仍是一致的。

而這種思維，也展現在我使用的「五通傳說」之中。五通是明清時代著名的淫祀，其氾濫程度甚至曾遭官方鎮壓。五通信仰的思維是，犧牲女性的貞操，可以換取財富。這在女性的親人或丈夫眼中，時常被視作划算的買賣。萬志英〈財富的法術——江南社會史上的五通神〉一文，認為「五通」的存在，傳達了明清時代對於財富的意識。在貨幣經濟的早期，財富被認為是不穩定、難以捉摸的。因此既脆弱又有力量的女性的性，成了少數可以交易財富的籌碼。

這簡直像是傳統婚姻的隱喻。或許就是因為在漢人社會中，已經習慣了「用女兒換取聘金」，因此才會產生這樣的思維吧。五通神簡直就像是另一種「女婿」，就算是邪神，所為卻與人類無異，一樣是用金錢買取女性的身體。

在五通故事中，家族鮮少受到懲罰。女子則可能會遭遇患病、精神狀態失常的狀況。明明是家族的貪婪之心默許了五通的行為，代價卻由女兒承擔。

蛇郎君與五通神，兩者傳說乍看之下相異，但是他們都是某種意義上的「富有的女婿」，其父親都藉由女兒，向超越人類的男性精怪或男性神明換取財富（或平安）。因此，我並置了這些有可比性的素材。而熟悉蛇郎君傳說的讀者，或許還能看出一些原故事的「捏他」（ネタ）：撒豆認路、變形成鳥、井……翠玉的名字則是呼應了臺灣蛇郎君傳說中，常見的姊姊名字「鴨卵面」（玉即日文的蛋）。

同時，這本書也是《說妖》系列中，沈家的起源故事。

這個故事我原本沒想要寫長，但是在反覆討論與修改的過程中，它漸漸長成如今的規模。這實在出乎我預料之外。原本我滿腦子想寫少女與新青年版蛇郎君的戀愛故事，最後還是讓翠玉專心找妹妹。故事中多處建議，出自工作室夥伴的巧思，感謝大家陪我走了一趟寫稿的旅程。至於不足部分，則是我的責任。

感謝神鬼豔情讀書會的大家，很享受與你們共讀明清筆記的時光。我一定要在這裡記上一筆。

感謝編輯時雍的耐心與鼓勵，以及HANa的圖。你們都是我完稿路上的明燈。知道HANa答應封面繪圖時，我其實還沒寫完，但HANa的美圖讓我湧起了「我一定要在期間內完稿」的決心。

說妖

蛇郎君：蠔鏡窗的新娘

2021年1月初版 定價：新臺幣290元

著者	長安
叢書主編	李時雍
校對	吳淑芳
內文排版	極翔企業
封面繪圖	Say HANa
封面設計	謝佳穎

出版者	聯經出版事業股份有限公司
地址	新北市汐止區大同路一段369號1樓
叢書編輯電話	(02)86925588轉5319
台北聯經書房	台北市新生南路三段94號
電話	(02)23620308
台中分公司	台中市北區崇德路一段198號
暨門市電話	(04)22312023
台中電子信箱	e-mail：linking2@ms42.hinet.net
郵政劃撥	帳戶第0100559-3號
郵撥電話	(02)23620308
印刷者	文聯彩色製版印刷有限公司
總經銷	聯合發行股份有限公司
發行所	新北市新店區寶橋路235巷6弄6號2樓
電話	(02)29178022

副總編輯	陳逸華
總編輯	涂豐恩
總經理	陳芝宇
社長	羅國俊
發行人	林載爵

行政院新聞局出版事業登記證局版臺業字第0130號

本書如有缺頁，破損，倒裝請寄回台北聯經書房更換。 ISBN 978-957-08-5684-2 (平裝)
電子信箱：linking@udngroup.com

國家圖書館出版品預行編目資料

蛇郎君：蠔鏡窗的新娘/長安著．初版．新北市．
聯經．2021年1月．248面．14.8×21公分（說妖）
ISBN 978-957-08-5684-2（平裝）

863.57 109020676